光文社文庫

長編推理小説

棟居刑事の代行人《ジ・エージェント》

森村誠一

光　文　社

棟居刑事の代行人《ジ・エージェント》——目次

許されざる錯覚

時間が迫っていた。親族たちは次第に不安の色を濃くしている。

「一体、賢一《けんいち》はなにをしておるのかね」

父親の島崎賢太郎《しまざきけんたろう》がたまりかねたように言った。

「忙しいお仕事ですから、ぎりぎりに駆けつけて来ますよ」

今日の結婚式、および披露宴一切の手配を代行している降矢浩季《ふるやひろき》は慰めるように言った。

とは言ったものの、降矢も少し不安になってきている。

女性より手間がかからないとはいえ、あまりに切羽つまってから駆けつけられては、身支度や事前の打ち合わせが難しくなる。すでに控室には親族やＶＩＰなどが集まって来ている。

新郎の島崎賢一は時代の寵児《ちょうじ》であるサプリメント産業の大手、アドニス製菓の社員である。

アドニス製菓は社名の示すごとく製菓から発足してサプリメントに進出し、飛躍的に伸びた会社である。賢一は近年、ペットの家族化に目をつけ、ペット用のサプリを開発して、ヒット商品を連打した。

新婦の末広《すえひろ》志織《しおり》は『毎日クリエイツ』という女性総合誌の記者である。最近のペットの高齢化について新郎にインタビューをしたのがきっかけとなって交際が始まり、今日の挙式となったという。

各種行事の手配を請け負うイベント代行業《エージェント》、業界では略してＥＡとか、代行屋と呼ばれる降矢浩季は、前身が自衛隊員やスタントマンという変わり種である。

自衛隊では最精強といわれる第一空挺団レーンジャーバッジを授与されている。バッジを授与された当座は、それを襟につけるのが誇らしくおもえたが、次第に憲法との狭間で息苦しくなってきた。

自衛隊の精鋭無比と誇っても、憲法九条下において、その精鋭ぶりを発揮することはできない。発揮してはならないのである。つまり、どんなに精鋭な戦争のスペシャリストであっても意味がない。

自衛隊は創設以来、一人も戦死者を出していない。祖国を守るべき自衛隊が、むしろ憲法によって手厚く守られている。その矛盾《むじゅん》が次第に息苦しくなって除隊した。

自衛隊から、映画やテレビなどで俳優の代わりに危険な離《はな》れ業《わざ》をこなすスタントマンを経て、現在の仕事に就いた。危険な代行役から各種イベントの代行屋になったのである。

降矢浩季は代行という仕事が、なんとなく自分に合っているような気がしていた。

今日の花嫁、末広志織が新郎の島崎賢一と連れ立って降矢の事務所に結婚式、および披露宴の手配を依頼に来たとき、降矢はおもわず目をこすった。二年前に死んだ妻が生き返ってきたとおもったのである。それほど末広志織は亡妻の瑠璃《るり》に似ていた。

しかし、そんなはずはなかった。末広志織は降矢に特別な反応も示さなかった。よく見ると、顔は瓜二つであるが、さりげない挙措や話し方が微妙にちがっている。やはり妻にそっくりの別人であった。

降矢の冠婚葬祭を含む各種イベントの手配に発揮した意外な才能が、依頼人の口コミによって次第に知られるようになり、依頼が増えてきていた。

当初は企業のイベントが多かったが、最近は家事的なイベント、冠婚葬祭の手配依頼が増えてきている。彼の名前を聞いて、直接依頼に来る客もあれば、ホテルや宴会場の下請けとして仕切ることもある。

彼が始めたイベント代行業は、自衛隊やスタントマンの世界とは異なるさまざまな人生との触れ合いがあった。しかも、前身のような身体や生命の危険性はほとんどない。自衛隊時代のように憲法の狭間で苦しむこともない。

降矢はいまの仕事が気に入っていた。

降矢が代行業を始めてから、今日のような経験は初めてである。刻限が迫ってきた。

ホテルに付属している教会での挙式に備えて、すでに牧師とオルガニスト、讃美歌隊が祭壇の前に待機し、一家眷属《けんぞく》が入場を始めている。

「賢一から連絡はないのか」

父親がいらだった声で降矢に問うた。

「ございません」

「連絡はつかないのか」

「携帯が圏外になっています」

「職場は……」

「本日より十日間、結婚休暇を取っています」

そのことを新郎の両親は知っているはずである。

「交通事故でも起こしたのか」

だが、そんな事故が発生していれば、携帯にだれかが応えるはずである。

降矢はすでに新郎が立ち寄りそうな先をすべて当たっていた。披露宴には職場の上司、同僚や、取引関係先が多数招《よ》ばれているが、だれも新郎の所在を知らない。結婚式の当日、新郎が遅刻してまで立ち寄らなければならないような先はだれもおもい当たらない。

（特別な関係にあった女性に別れを告げに行って、引き留められているのではないか？）

まさか、と降矢は自らの発想を否定した。女がいたとしても、当日別れを告げに行くとは考えられない。挙式前に整理しているはずである。

両親の話によると、賢一は式前に立ち寄るところがあると言って、朝早く家を出たという。だが、どこへ行くとも言わなかった。忙しい仕事をしているので、十日間の結婚休暇の前に片づけておかなければならない仕事が残っているのだろうと、両親はなんの不安ももたなかった。

息子に結婚式当日まで社会的ニーズがあることが誇らしいとさえ、父親はおもっていた。だが、式の刻限まで姿を現わさないのは過剰である。連絡一本ないのも異常である。

「新郎はまだお見えにならないようですが」

牧師が促した。

すでに式場には両家の親族が入場を終わり、バージンロードの袖には新婦とその父親が待機している。讃美歌のコーラスグループ、オルガニスト、牧師も新郎の到着をいまや遅しと待ち構えている。

讃美歌の歌詞を裏面に印刷した式のプログラムが、すでに列席者一同に配られていた。

「きみ、なんとかしてくれたまえ」

島崎賢太郎がたまりかねたように降矢に言った。なんとかしろと言われても、新郎が到着しないのであるからどうにもならない。だが、もはや一刻の猶予もならない。

「やむを得ぬ。降矢さん、あなた、新郎の代役をしてください」

島崎が言った。

「新郎の代役？　とんでもない。結婚式の代役なんて、無理です」

さまざまな代行はしたが、新郎の代役など前代未聞である。

「やむを得ない。幸いにあなたは新郎に顔かたち、背格好も似通っている。ほぼ同年配でもある。式場に集まっているのは親族とごく親しい人たちだけです。私から一同に事情を説明しますから、直ちに身支度をしてください」

島崎は一方的に言い渡すと同時に、親族一同に向かって、

「皆さま、まことにやむを得ぬ仕儀となりましたが、新郎は仕事の都合でどうしても式に間に合わないと連絡が入りました。せっかくご両家の皆さまにお集まりいただきましたので、式を延期するよりは、新郎が駆けつけるまでの間、親しい友人に代役に立ってもらい、式を開始したいとおもいます。式はまた改めて行えばすむこと。この後、披露宴もつづいておりますので、皆さまのご理解とご協力をお願い申し上げます」

と、一同に告げた。両家親族は束の間ざわめいたが、異議を唱える者はない。

その間、否も応もなく、降矢は式服《フォーマルウエア》に着替えさせられていた。新婦は一瞬驚いたようであったが、新郎の仕事の忙しさは知っているらしく、納得したようである。司式の牧師もやむを得ぬ仕儀と受け取り、了承したようである。主催者の意思であれば、なんら異議を唱える筋合いはない。牧師といってもホテルの下請けである。

牧師が聖壇の前に立った。オルガニストが演奏を始めた。

『ローエングリン』中の「婚礼の合唱」と共に、新婦が父親にエスコートされて入場する。新郎役の降矢は聖壇の前に立った。親族一同、起立して新婦に注目する。軽く片手を父親の腕にかけた新婦が、静々とバージンロードを進んで来た。

ベールをかけた新婦の表情は紗をかけたような気品が香り立つばかりである。その後ろから新婦のウェディングドレスの裾を持った親族の少女がつづく。

静々とバージンロードを進んだ新婦は、聖壇の前で父親から新郎役の降矢に引き渡された。だが、まだ本物の新郎が到着した気配はない。

降矢は（やむを得ず）新婦と並び立ち、牧師の前へ進んだ。オルガニストは演奏をつづけ、讃美歌四三〇番の演奏を始める。コーラスグループが合わせ、列席者も合唱する。

演奏後、列席者一同は着席し、牧師が聖書の中の婚礼に関わる祈禱文式辞を朗読した。

まだ新郎は現われない。式のプログラム中、最も重要な誓約が始まった。牧師は列席者一同に立会人としての起立を改めて求めた。

一同起立後、牧師は式場を見渡し、一呼吸おいてから新郎・新婦に向かい合って、夫婦として終生、節操を守ることを誓い合わさせた。

さすがの降矢も神前で新郎の代役として、まったく関わりのない女性を妻として終生の節操を誓うことにためらいをおぼえたが、「ノー」とは言えない。このような代役は神に対する冒瀆《ぼうとく》になるのではないかとおもったが、新婦はなんの滞りもなく「誓います」と答えた。

つづいて結婚指輪が交換される。牧師は二人の手を重ね合わせて列席者一同に向かい、「ここにこの両人が父と子と聖霊の御名《みな》により結ばれ、夫婦となったことを証する」と宣言した。ふたたびオルガニストが「結婚行進曲」の演奏を始める。

ついに式のプログラムがすべて終了するまで、新郎は現われなかった。

やむを得ぬ仕儀とはいえ、両家の両親、親族共に降矢の堂に入った新郎代役ぶりに満足しているようであった。

次に披露宴開宴前の記念撮影がある。難関を一つこなしたものの、記念撮影をどうするか、問題が立ちはだかった。新郎を欠いたままでは記念撮影の意味がない。

また結婚式の記念撮影に代役が新郎の位置に定着していれば、写真が存在する限り、降矢は新婦の夫として居座ってしまう。事情を知らず、記念写真を見せられた者は、降矢を新婦の夫と信じて疑わないであろう。

依然として新郎は到着しない。両家の両親は相談して、降矢を代役に据えたまま記念撮影を続行することにした。

「写真は証拠として残ります。どうか新郎の代役としての撮影はご容赦ください」

と降矢は辞退したが、

「結婚式の手配を請け負ったからには、新郎・新婦の予期しないアクシデントにも対応すべきではないのか。いまは写真技術も発達しているので、親族一同集合しての記念撮影に後から新郎の画像を入れ替えることも可能であると聞いた。親族がふたたびこのように集合することはない。たとえ再度、両家の親族が集まる機会があったとしても、必ずだれかが欠ける。ここは代行人《エージェント》として、枉《ま》げて代役を務めてもらいたい」

両家父親の意見が一致した強い懇請に負けて、降矢は再度、代役を務めた。

とにかく記念撮影を終え、開宴までの時間を利用して、両家親族の紹介が行われた。この間も八方手を尽くして新郎の所在が捜されている。

いよいよ会場をホテルの宴会場に移しての披露宴の開宴時間が迫ってきた。すでに受付には来賓が列をつくり、用意してきた御祝儀を次々に差し出している。

だが、新郎は影も形もない。さすがの降矢も全身冷や汗にまみれた。結婚式や記念撮影は親族だけの参加であったのでどうにか乗り越えたが、一般の来賓が参加する披露宴となると、代役の新郎では務まらない。

「ここまできてしまったからには引き返せない。すでに来賓は全員到着して、開宴を待っています。いまさら披露宴をキャンセルするわけにはいかない」

島崎賢太郎は両家を代表して言った。

「しかし、媒酌人や来賓は新郎のお知り合いばかりです。新郎を代役と知れば、不審を抱きます」

降矢は反駁《はんばく》した。

来賓には新郎の友人や、職場の人間や、仕事の関係者も多い。両親の知己も新郎の顔を知っているであろう。親族のように納得させるわけにはいかない。

「ここはあなたに新郎の代役を押し通してもらう以外にない。来賓の中には遠路はるばる来られた人もいます。新郎の職場関係者だけではなく、両親の人脈も多い。この土壇場でキャンセルするよりは、代役のあなたに披露宴をつないでもらったほうがましです。開宴すれば、来賓も事情を察してくれます。代役であろうとなかろうと、披露宴を行った後、出席者一同に説明してまわれば、納得してくれます。ここはとにかく新郎と両家の体面のためにも、ぜひともあなたに代役を通していただきたい」

島崎賢太郎が懇請した。彼のかたわらに控えた夫人も、新婦の両親も同意見である。事情を察知したホテル側も固唾《かたず》を呑んで成り行きを見守っている。

たしかに島崎の言う通り、ここで披露宴をキャンセルすれば、両家の出席者約二百名が大混乱に陥るのは目に見えている。

ホテル側としても、二百人の披露宴用のフルコース・ディナーが、ゴーサインと共にいつでもサーブできるように用意され、アテンダントが待機している。これらが開宴直前にキャンセルされれば、宙に浮いてしまう。キャンセル料を支払っても、混乱は免れない。

両家の体面もあるが、すでに人員（ホテルスタッフを含めて）、料理、会場共に動き始め、加速がついている。

イベント代行人《エージェント》は臨機応変にイベントをベストに盛り上げるのが役目である。イベント環境や状況の変化に即座に対応できなければ代行人とはいえない。

やるしかない、と降矢も覚悟を決めた。とりあえず仲人には、新郎の父親から事情は後で説明すると告げられた。会場入口に新郎（代役）・新婦、仲人夫妻、両家の両親が並んで出迎える前を、列をつくった来賓が入場を始めた。

新婦に並んで立つ新郎代役の降矢に不審な顔をした者もいたが、後につづく行列に押されるようにして入場して行った。

テーブルプランに従い全員着席したのを見届けた司会者が、開宴の辞を述べた。会場の照明が絞られた中、「結婚行進曲」と共にスポットライトを浴びた新郎・新婦が入場した。

新郎が異なっていることに不審を抱きながらも、来賓一同は盛大な拍手をもって両人を迎えた。覚悟を定めた降矢の堂々たる新郎ぶりに、来賓の不審も圧倒されているようである。

来賓は新郎が披露宴のアトラクションとして別人に化けて《メイクアップ》いるとおもったようである。

新郎・新婦がメインテーブルに着席すると、司会者の告げる進行次第に沿って仲人夫妻、および新郎・新婦が起立し、仲人が両人および両家の紹介をした。

つづいて新郎の勤務する会社の重役が祝辞を述べ、主賓の一人の発声によって乾杯が行われた。

真の新郎はまだ現われない。

この間に、仲人以下、来賓一同の不審は、降矢の堂々たる代役演技に圧倒されて、新郎が別人に仮装しているのであろうと信じたようである。

乾杯の音頭を取った主賓が、

「のっけから驚かされました。六十年ほど人間をやっておりますが、新郎が別人に化けて現われた披露宴は初めてです。まさに前代未聞の結婚披露宴でありましょう。新郎はサプリメント産業の大手アドニス製菓の敏腕社員と聞いております。お犬様、お猫様を単なるペットから家族に格上げして、人間並みのサプリメント、さらにドッグスーツやキャットドレス、あるいはバードミュージックなど、数々のヒット商品を連発して、旋風を巻き起こしている業界の寵児と承っております。

新郎の前途は無限の可能性に満ちており、洋々たるものがあります。将来、この若き新郎がどんな大物に化けるか、予測もつかない化けぶりの一端を、すでに披露宴から見せつけられたおもいでございます。

それでは新郎・新婦の前途を祝して杯を挙げたいとおもいます。皆さまご唱和願います」

と述べた祝辞に、来賓一同の不審が解けたようである。

会場の気配を察知した降矢は、乾杯後、新郎・新婦がお色直しに中座した時間を使って、スタッフに急遽、武士の衣装を用意させた。さすが各種イベントの代行スタッフであるだけに、降矢の突然のリクエストに速やかに対応した。

お色直しが終わり、再入場して来た新郎・新婦に、来賓は驚きの嘆声と共にどよめいた。

凜々しい武士の姿に変わった新郎に、寄り添うように目もあやな総模様の中振袖をまとった新婦の香り立つような美しいコントラストに目を見張った。綸子《りんず》の生地がシャンデリアのもとにきらめき、金・銀糸入りの帯と調和して、全身からオーラが発しているように見える。

新婦の美しさを十分に見せつけた後、照明が絞られた。新郎が手にかざした松明《たいまつ》が、いつの間にか点火されている。スポットライトを浴びた新郎・新婦が式場内をまわりながら、各テーブルの蠟燭《ろうそく》に点火した。

全テーブルの〝キャンドルサービス〟が終わり、新郎・新婦が改めてメインテーブルに着くころには、降矢の咄嗟《とっさ》の機知による演出に、来賓は当初の不審感を完全に払拭されていた。

依然として新郎の気配はないが、ここまできてしまえば代役のまま押し通すほうがよい。両家の両親や親族も、降矢の代役になんの違和感もおぼえなくなっている。

だが、新郎の両親には別の不安が頭をもたげていた。そろそろ終宴の時間に近づいているのに、依然として姿を現わさず、一片の連絡もしてこないのは異常である。賢一の身になにか異変が生じたのではないのか。

友人の挨拶やアトラクションがつづいて、ついに終宴の時間となった。両親への花束贈呈が終わって、司会者が終宴を告げた。新郎・新婦を挟んで、仲人、両家両親が会場出口に横列に並んで、来賓たちを見送る。

祝い酒がまわっていい気分になった来賓たちは、新郎の前で、

「そろそろ化けの皮を剥いだらどうだい」

「そんなこと、おまえが言わなくとも、新婦と二人きりになれば、化けの皮を現わすよ」

「それにしても、こんな隠し芸をもっていたとは驚いたね」

などと言いながら上機嫌で帰って行った。

ともかく結婚式と披露宴を通して、ついに新郎は現われぬまま、降矢は代役を演じ通した。

客がすべて立ち去っても、新郎は姿を現わさなかった。両家はほっとする間もなく、新郎の行方を八方手を尽くして捜しつづけている。いまや新郎の身になにか異変が生じたことは明白であった。

だが、新郎の捜索は代行人の仕事ではない。結婚式と披露宴はとにもかくにも乗り切ったのである。

「あなたのおかげで、ともかくこの場は両家、恥をかかずに乗り切ることができました。改めてお礼申し上げます」

新郎の父親は降矢に礼を述べた。

新婦も両親に伴われて感謝の視線を降矢に送っている。式と披露宴を、新郎の代役として演じてくれた降矢が、本来の配偶者であるかのような錯覚に陥っているらしい。新郎が蒸発していなければ、両人は今宵、ホテルに一泊して、明朝、ヨーロッパへ新婚旅行に出発する予定になっている。まだ、明日の朝までに新郎が現われる可能性はある。だが、降矢には不吉な予感がしきりにしていた。新郎はこのまま帰って来ないのではないのか。

「頼みついでに、もう一つお願いしたいことがあります」

島崎賢太郎が言った。

「どんなことでしょうか」

「明日の朝までに賢一の所在がつかめないときは、捜索願を出すつもりです。その際は、あなたに同道していただきたい」

と島崎賢太郎は申し出た。

「同道はいたしますが、明日では遅いとおもいます」

降矢は言葉を返した。

「遅い……？」

「一生に一度の大切なセレモニーである結婚式に、なんの連絡もなく当事者の新郎が欠席したのは、異常です。おそらくご本人が連絡したくてもできないような状況に陥っているとおもいます。さらに一夜おいては、手遅れになるかもしれません。速やかに捜索願を出すべきだとおもいますが」

「今夜現われる可能性がまだないわけではない。捜索願を出した後、本人が現われたら人騒がせになってしまうが……」

賢太郎は迷っているようであった。

「人騒がせになっても、賢一さんの安全を優先すべきではありませんか。手遅れになるよりはましですよ」

降矢はなおも強く押した。

「賢一の身に危険があるというのですか」

「そうです。ご当人の結婚式、および披露宴になんの連絡もなく欠席したということは、ご本人の身に異変が起きている証拠です。生命の危険がないとも言えません。一刻も早く手を打つべきだとおもいますが」

降矢の強い言葉に、賢太郎はうなずいた。新婦の両親も同意した。なにをおいても、賢一の安全の確認が先決問題である。

島崎賢太郎は降矢の意見を入れて、その夜のうちに所轄の新宿署に捜索願を出した。

島崎賢一の捜索願が届け出られた所轄の新宿署では、結婚式の第一当事者である新郎の無断欠席を重視した。

式前の新婦の家出は必ずしも珍しいケースではないが、ほとんど事前に発見されるか、式場に到着している。結婚前から交際していた恋人と別れ難く、遅刻するというケースが圧倒的に多く、式を前にして恋人と共に失踪しても、たいてい連れ戻されてしまう。

だが、新郎の失踪は珍しい。失踪しても、ほとんどの場合、その理由を両親に連絡している。

新宿署では、失踪した新郎が犯罪の被害者となっている疑いを前提にして、届出人から失踪前の新郎の動静や状況を詳しく聴いた。

だが、失踪者には失踪前、トラブルの原因となりそうな大きなビジネスの取り引きや、多額の金銭の授受を伴う個人的な契約、また特定の異性関係、高額の借金、賭博、暴力団との関係などはなかった。

両親や親族の知らない異性関係やトラブルは、この時点での事情聴取では浮かび上がらない。

担当係官は事情を聴いた後、迅速な手配の必要を感じて捜索願を受理し、コンピューターに登録した。

登録に際して、当人の失踪と共に、彼のマイカーが消えていることを聞いた係官は、警察庁の情報管理センターの自動車基本台帳《ファイル》に登録した。失踪者はなんらかの事情で、式前にマイカーを運転して家出（失踪）したとも推測される。

ともあれ、島崎賢一は犯罪被害の濃厚な所在不明者として登録された。

捜索願を届け出た後も、新婦は両家両親、および親族の主立った者と一緒に、挙式と披露宴をしたホテルに泊まることになった。まだ明日の新婚旅行への出発時間までに、新郎が現われる可能性を捨てていないのである。

両親に同行して所轄署に捜索願を出した降矢は、両家両親から、

「今日一日、意外なアクシデントでご苦労をかけましたが、頼まれついでに、もう一つお願いしたいことがございます」

辞を低くして申し出られた。

代行人《エージェント》としての役目はすべて果たして帰ろうとしていた降矢は、もはや自分の出番はないはずだが、と不審の目を両家両親に向けた。

「まことに厚かましいお願いで恐縮ですが、今夜一夜、我々と共にホテルに泊まっていただきたい」

島崎賢太郎がおずおずと言った。

「しかし、私にはもはやなんのお役に立てることもありませんが……」

「あなたは息子の代役を立派に務めてくださいました。志織さんは息子の蒸発に心細くなっています。せめてあなたにホテルに泊まっていただければ、少しは心細さが減るでしょう」

「私はあくまで式と披露宴を滞りなく運ぶための代役にすぎません。新婦の心細さを慰めることはできませんよ」

島崎の意外な申し出に、降矢は面食らいながら答えた。

「あなたが同じホテルに泊まってくださるだけで、志織さんは心強くおもいます。新婦もあなたの代役に感謝しています」

「新郎は帰って来ますよ、必ず」

「あなたに勧められて捜索願を出したのです。あなたがそうおっしゃるなら、せめて、息子が来るまで一緒にいてください。それに、このことは志織さん自身の希望でもあるのです」

「新婦ご自身の……」

「そうです。志織さんはあなたが代役を務めてくださったので、恥をかくこともなく、生涯一度の重大な行事を終えられたことに感謝しています。仮に明日、旅行のキャンセルという事態に立ち至っても、あなたがホテルに泊まってくだされば、そのショックに耐えられるかもしれないと言っています」

両家両親がこもごも降矢に頼み込んでいるとき、衣服を改めた新婦が姿を現わした。

「降矢さん、今日は本当に有り難うございました。また度重なるお願いですが、どうか、よろしくお願いします」

と彼女はすがりつくような目をして降矢の前に深々と頭を下げた。

降矢はそのとき、亡き妻、瑠璃から頼み込まれているような気がした。もとより降矢の亡妻と瓜二つであることを知らない新婦は、彼の見事な代役ぶりに、今日のアクシデントによる衝撃を糊塗《こと》しようとしているのであろう。

降矢は断れなくなった。

結局その夜、降矢は新婦、および両家両親たちと共に同じホテルに泊まった。

一夜明けて朝となっても、新郎はついに姿を現わさなかった。空港に向かう刻限が迫った。

「もしかしたら、空港に駆けつけるかもしれませんよ」

降矢は言った。

「いいえ。私はもうあきらめました。もし彼にそのつもりがあれば、必ず連絡があるはずです」

新婦は首を横に振った。両家両親も同じ意見のようである。

「あきらめてはいけません。最後の瞬間まで待つべきだとおもいますが」

降矢は空港へ行くように強く提言した。

「ご厚意は有り難くおもいます。でも、仮に彼が空港に駆けつけて来たとしても、私は旅立ちの意思を失いました。こんな気持ちで無理に出かけても意味がありませんわ」

新婦は寂しげに笑った。その悲しい色を沈めて無理につくった新婦の笑顔を見たとき、降矢は、彼女が新郎に対する愛をすでに失ってしまっているような気がした。本人が旅立ちの意思がないと表明した以上、代行人が無理に背中を押すことはできない。

「やむを得ません。事後の始末は後日相談することにして、ここはひとまず解散しましょう」

島崎賢太郎が両家を代表して言った。だれも異議はなかった。すでにこの時点で、両家の縁談は解消されたのである。代行人として降矢は言葉がなかった。

このとき、前夜のうちに帰宅した島崎家の家族から、「昨夜から茶釜《ちやがま》が帰って来ていない」という報告があった。賢一が可愛がっていた飼い猫が行方不明ということらしい。

両家の解散時に届いた情報であり、その時点ではなにげなく聞き流したが、一同と別れてから、その情報が降矢の意識の中で容積を増してきた。

島崎家の飼い猫が昨夜帰宅しなかったということは、もしかすると、新郎の消息不明と時を同じくして失踪したのではあるまいか。つまり、茶釜は新郎と共に失踪した。であるから、新郎が帰宅しない限り、茶釜も帰って来ることはない。

警察は新郎を犯罪被害容疑のある所在不明者としているようであるが、もしかすると、茶釜も新郎と共に同じ犯罪に巻き込まれたのではないのか。

仮にそうであったとしても、不明になった猫の行方を捜すほうが困難であることにおもい当たった。

(新郎や飼い猫の行方を捜すのは、自分の役目ではない。代行人としての役目はすべて果たしたのだ)

と降矢は自分に言い聞かせた。

降矢の意識には、蒸発した新郎や飼い猫よりも、悲愴感一色に塗られた新婦の顔が刻み込まれていた。彼女は指折り数えて待っていた挙式に現われなかった新郎に、深く失望したようである。

仮になんらかの犯罪や、事故に巻き込まれたとしても、新郎が二人の重大な儀式に来なかったという事実は同じである。

たとえ新郎本人の責任に帰すべき事由ではなくとも、結果は花嫁にとって同じである。同一の結果が彼女の愛を失わせた。残酷な同一性というべきであろう。

そして、花嫁が代役の降矢に向けたすがるような眼差しが瞼に焼きついて離れない。降矢は自分が代役であったことを忘れそうになった。

（いけない）

と降矢は慌てて頭を横に振った。プロの代行人として許されざる錯覚である。

迷猫の足取り

結婚式の二日後午前九時ごろ、世田谷区若林の公園近くの傍道で、捜索願と共に届け出られた関係車両と、車種等が一致する車両が、パトロール中の世田谷署員によって発見された。車両番号、ボディカラー、車検証から島崎賢一の車と特定された。ロックはされていなかった。

当該車両内には格闘や、物色痕跡はなく、車両の損傷も認められない。当該車両を運転していたとみられる、捜索願を出されている島崎賢一の姿もない。

公園近辺の住人に聞いたところ、昨夜九時ごろ帰宅して来た住人の一人が、そのときすでにその車が同じ位置に駐《と》まっていたと証言した。

だが、他の住人からは、昨日昼間から夕方にかけては、その位置に車はなかったという証言が寄せられたので、夕方から午後九時ごろの間に車は他の場所から移動して来て、乗り捨てられたと推測された。

さらに車内を詳しく観察したところ、動物、たぶん猫と推測される毛が助手席に残されていた。

車の所有者、島崎賢一は茶釜と名づけた猫を飼っている。茶釜は挙式当日、朝から姿が見えなかったそうである。茶釜は外出好きであったので、婚礼の準備に追われていた島崎家の家人たちも、さして気にも留めていなかった。

茶釜は特に賢一に懐いていたので、彼が外出時、車に同乗させて行ったか、あるいは茶釜が出かける賢一を追いかけて、彼の車に乗り込んだのかもしれない。

島崎家から採取した茶釜の体毛は、一見して当該車両から採取された動物の体毛と同じようである。体毛は比較検査にかけるために、科学警察研究所に送られた。

その日午後、末広家から島崎家に婚姻の解消が申し出られた。仮に解消後、賢一が現われたとしても、新婦、および末広家は結婚式を無断で欠席した賢一と婚姻する意思を失っていた。

島崎家としては、末広家からの申し出を無条件に受け入れざるを得ない。非は一方的に賢一にある。

せめてもの償《つぐな》いとして、式と披露宴にかけた全費用は島崎家で負担することにした。披露宴に招いた来賓や関係者には、事情があって離婚したという通知を出した。新婚旅行後離婚する、いわゆる成田離婚も珍しくない時代であるので、来賓たちもさして驚いた様子はない。

敏感な来賓は、披露宴の新郎が本人の仮装ではなく、代役であり、披露宴以前からすでに離婚の原因は発生していたのであろうと推測した。

だが、新郎蒸発事件は、彼が消えたまま意外な展開を見せた。

末広家から正式に、降矢に末広志織との結婚を申し込まれたのである。失踪した新郎の代役を見事に務めた降矢に、新婦と末広家の両親がすっかり惚れ込んで、改めて結婚を申し込んできたのである。

末広家から島崎家への速やかな婚姻解消の申し出も、すでに降矢を意中の花婿とした下敷きがあったからかもしれない。

末広家からのプロポーズに、降矢は仰天した。降矢にしてみれば、あくまで代行人《エージェント》としての使命を果たしただけである。代行人に、本物に取って代わる意識はない。

だが、降矢の心は揺れた。代役を務めた新郎の花嫁が、降矢の亡き妻瑠璃に瓜二つであったことである。初めて志織にまみえたとき、降矢は亡き妻が生き返ってきたような錯覚をおぼえた。降矢の意識の中では、依然として瑠璃は生きている。その瑠璃から再度結婚を申し込まれたような気がした。

本来なら、末広家からのプロポーズを即座に断るべき立場の降矢が、即答を保留したのは、亡き妻の面影が末広志織と完全に重なった《オーバーラップ》からである。

「身に余るお申し出を賜わり恐縮です。突然のことなので、少し考える余裕をいただけませんか」

降矢は揺れる心を抑えて答えた。

「私どもも失礼な申し出であることは重々承知しております。どうぞ、ゆっくりと考えてください。そして、なにとぞ私どもを喜ばせるお答えをいただきたい」

末広志織の父親は言った。

態度を保留したことによって、降矢はますます「ノー」と言えなくなった。

ゆっくり時間をかけて考えてくれと末広家では言ってくれたが、数日後、早くも志織の父親、泰造《たいぞう》が、

「先日の話は考えていただけましたか。娘を宙ぶらりんの状態に置いておくのも可哀想なので、まだ確答がいただけぬようであれば、せめて婚約だけでもしていただけないものでしょうか」

と催促してきた。

婚約はすでにプロポーズの承諾であるが、末広家としては約束だけでも取りつけたいところなのであろう。

降矢はコーナーに追いつめられたような気がした。だが、決して不愉快なコーナーでは

ない。ここで断れば、せっかくよみがえってきたかのような瑠璃に二度と会う機会を失ってしまう。

「島崎賢一さんの行方が絶望と確定したわけではありません。お申し出は身に余ることであり、嬉しく、有り難く存じます。しかしまだ島崎さんが現われる可能性はあります。一年、いや、せめて半年、ご猶予いただけませんか。その間、人脈《つて》を頼って、私なりに島崎さんの行方を捜してみたいとおもいます」

降矢は答えた。

「それでは、半年後、婚約してくださるのですね」

末広の声が弾んだ。

「は、はい。内約束ということでよろしいなら」

「結構です。志織も喜ぶでしょう」

末広泰造がほっとした表情をした。

降矢にしてみれば、代行人としての迷いが揺れている。彼が言った約束は婚約の前提のような意識であったが、末広は結婚の承諾そのものとして受け取ったようである。

「いまにして考えてみれば、島崎賢一さんが欠席したのは、あなたが新郎の代役としてではなく、新郎その人として娘と挙式する運命にあったのだとおもいます。あなたと娘は改めて挙式するまでもなく、すでに夫婦として神の御前《おんまえ》で誓いを立てているのですよ」

末広は降矢の言葉を手放しで喜んでいるようである。

あの時点では代役であっても、神前で夫婦の誓いを交わし、来賓にお披露目をした。式と披露宴に欠席した新郎との結婚を解消したいま、代役とはいえ結婚の誓いとセレモニーが生きてくることになる。

末広の理屈によれば、式以前の婚約者としての島崎賢一が代役であったことになる。新婦とはまだ床を共にしていないが、一夜、同じホテルに宿泊している。その事実も、志織と末広家にとっては、降矢を本物の新郎のように意識させているのであろう。

降矢は末広家に言質《げんち》をあたえてしまった。降矢としても嘘をついた意識はない。ただ、よい返事という言葉の解釈が、降矢と末広家の間で多少のズレがあったにすぎない。

島崎賢一の失踪はつづいていた。その後、彼の消息はまったく聞こえてこない。

賢一に意中の女性がいて、結婚直前にその女性の許に走ったという可能性も極めて低くなっている。もしそうであれば、挙式前に他の女性と〝駆け落ち〟する準備が多少ともなされていたはずである。

だが、そのような準備の痕跡はまったく認められない。逆に結婚式場と披露宴会場の予約、来賓リストの作成、新婚旅行の手配、新居の準備等、賢一は志織と共に熱心に進めていた。

そんな賢一が、新婦や両家両親に隠れて、他の女との駆け落ち準備を併行して進めていたとは考えられない。そして、その形跡はまったくないのである。

賢一の失踪は犯罪被害容疑、もしくは災害や事故に巻き込まれた可能性が濃厚になってきた。

だが、賢一が挙式当日巻き込まれたような災害も事故も報告されていない。となると、犯罪被害者になっている可能性が高い。犯罪そのものが賢一と共に秘匿《ひとく》されてしまったのかもしれない。

日数の経過と共に、賢一の捜索は絶望的になっていく。警察の捜査の網にも引っかかっていないようである。賢一と共に消えた茶釜の行方も不明である。

降矢は島崎賢一の捜索を警察だけに任せておけない気持ちになっていた。

結婚式と披露宴の運営を引き受けたからには、蒸発した新郎の所在確認も代行人の役目に含まれているとおもうようになった。その役目を果たさない限り、志織と婚約するわけにはいかない。それをすれば、代行人の務めを果たさぬまま新婦を横奪《よこど》りしたことになってしまう。一種の業務上横領ではないのか。

末広志織と末広家から結婚を求められたのは光栄であるが、代行人として後ろめたさをおぼえるのも、業務上横領のような意識があるからである。その意識を振り捨てるためにも、島崎賢一の所在を確かめたい。

この間、降矢は代行屋として伸ばした人脈を最大限に駆使して、島崎賢一の行方を捜した。だが、彼の消息は杳《よう》として絶えたままであった。

島崎家はすでにあきらめているようであった。なにかの犯罪に巻き込まれて海に沈められたか、山に埋められたのかもしれない。

降矢は末広志織と時折会うようになった。

二人の関係は微妙である。きっかけは失踪した新郎の代行であり、代理ですらない。志織とその両親から降矢は、代行から当事者本人になるようにと求められたが、確答はしていない。志織の心の内にも、まだ賢一が帰って来るかもしれないという期待が尾を引いているようである。

賢一の所在が確認され、志織の心の中に残っている賢一の尾を完全に断ち切るまでは、彼女と両親の申し込みに確答をあたえるわけにはいかない。だが、この間に降矢と志織の距離が狭まっていることは確かであった。

代行挙式から、時間が経過した。

警察は賢一を犯罪被害に遭った家出人として捜索したが、真相に至る手がかりはなにもつかめなかったようである。

当初、誘拐事件を疑ったが、犯人から身代金の要求もなく、なんの連絡もない。島崎賢一の発見は絶望と確定した。

その時期、島崎賢一の母親、昌枝《まさえ》が所用あっての出先で、電柱に貼られている家出猫のポスターを偶然見かけた。

「あら、茶釜じゃないの」

昌枝はポスターのゴルフという名の猫の写真に愕然《がくぜん》とした。

「猫がいなくなりました」と大きな文字で書かれた下に刷られている写真の猫は、紛れもなく賢一と同時に行方がわからなくなった茶釜である。

白毛に茶毛の模様が混じり、額まで茶釜を被ったように見えるところから「茶釜」と命名した猫相もそっくりである。

写真の下に連絡先と飼い主の氏名、そして「保護または情報をくださった方には薄謝を進呈します」という文言が書かれている。

一見したときは似たような別の猫かとおもったが、額の紋様や、尾の先端が黒く染まったようなカラーポイントは茶釜そのものである。

それにしても昌枝がポスターを見かけた場所は、多摩川に近い世田谷区の外れであり、新宿区内にある島崎家からはかなり離れている。茶釜は賢一と共にこの方面に来て、ポスターの主に拾われたのか、あるいはポスターの主が茶釜を誘拐したのであろうか。

だが、誘拐した猫に家出されて、いかに前の飼い主の住居から離れているとはいえ、このようなポスターを貼るであろうか。

昌枝は直ちにポスターの主の連絡先に電話をしようとしたが、おもい止《とど》まって、いったん帰宅した。

妻から茶釜のポスターを見かけたという報告を聞いた島崎賢太郎は、

「それはおそらく茶釜にまちがいないだろう。ポスターの主は茶釜を拾って飼っていたんだよ。茶釜は人懐っこいから、新しい飼い主にもすぐ馴染む。悪くいえば節操のない猫だが、それだけに可愛い。だから、新たな飼い主はポスターを貼って、茶釜の行方を捜しているんだ。飼い主に聞けば、茶釜と同時に蒸発した賢一の情報をなにか知っているかもしれないぞ。早速、連絡を取ってみよう」

「あなた、直接連絡を取るのは危険だわ。もしかすると、茶釜の新しい飼い主は、賢一を拉致した犯人かもしれないわよ」

「賢一を拉致した犯人が、そんなポスターを貼るかね」

「可能性はあるわ。とにかく警察に連絡したほうがいいわ」

「そうだな。だが、警察がいきなり行っては、かえって相手を刺激してしまうかもしれない。もし賢一がポスターの主に監禁でもされていれば、警察の介入は賢一を危険に陥れてしまうかもしれない。そうだ、降矢さんに相談してみよう」

賢太郎は代行人の降矢をおもいだした。

破談になったものの、結婚式と披露宴での降矢の水際立った代行があったので、両家の体面が辛うじて保たれ、混乱が防止できたのである。

賢太郎から連絡を受けた降矢は、

「ポスターの家出猫は確かにお宅の茶釜にまちがいないのですね」

と念を押した。

「まちがいありません。顔や体つき、毛の紋様まで完全に一致しています。毛の紋様は指紋と同じで、まったく同じものはありませんよ」

「わかりました。まず飼い主の素性を調べてみましょう。その上で接触して、茶釜をどのようにして飼い始めたか、確認してみます。もし飼い主が茶釜をご子息の失踪時に〝採用〟したのであれば、ご子息の消息を知っているかもしれません」

降矢も賢太郎と同じことを考えたようである。

警視庁捜査一課の棟居弘一良《むねすえこういちろう》は、最近、連続して発生している独り暮らしの老人強盗殺人事件の捜査を担当していた。

世田谷区東部から目黒区西部にかけて連続強盗事件が発生していた。狙われるのは独り暮らしの老女で、いずれも小金を貯めている。この約二年の間に六人の老女が強盗に入られ、そのうちの一人、世田谷区若林四丁目居住の老女、北沢《きたざわ》うめ、七十歳が殺害された。

また同区若林五丁目に住む大庭《おおば》くの、七十三歳は、賊が侵入して金品を物色中目を覚まし、声をあげたために喉を絞められたが、隣家の犬が気配を悟って吠え立てたために賊は逃走、危ういところで一命を拾った。

捜査本部はこの二人を含む六件の独り暮らし老女を狙った強盗、殺害事件を、被害者の生活環境、犯行手口などから、同一犯人の犯行とみて捜査をしていた。

だが、大庭くの強盗殺人未遂事件を最後に、犯行はぷつりと絶えた。大庭くの以下五名の被害者に聞いても、犯人は犯行時、目出帽《めだしぼう》を被っていて人相はわからないと言う。大庭くの一人が、犯人は自転車で逃走したようだと証言した。

気丈なくのは犯人に首を絞められた後、立ち直り、隣家に救いを求めようとして、窓から自転車を漕いで逃げる犯人らしき後ろ姿を見たと言う。

その後、犯人は天に昇ったか、地に潜ったかのようにぷつりと消息を絶ってしまった。犯人は大庭くのを襲ったとき、隣家の犬に激しく吠え立てられ、飼い主が起き出してきた気配に、金品をなに一つ奪わず逃走した。そのため、しばらく様子を見ているのであろうとおもわれたが、そろそろ動き出してもよい時期になっても、依然として鳴りをひそめたままであった。

大庭くのも隣人も犯人の顔を確かめていないが、犯人は見られたとおもい込んでいるのかもしれない。

棟居はあきらめず、目撃者を捜し求めて、大庭くのと、殺害された北沢うめの住居の周辺を聞き込みに歩いていた。二人の住居はあまり離れていない。

新聞配達や宅配業者、郵便局員、ガスメーターの検針係など、定期的通行人にはおおかた当たり、季節労働者や近隣の工事人、ランドリーや出前サービス、各種セールスなど、不定期通行人などにも聞き込みの網を拡げているが、一向に目ぼしい情報は引っかからない。

今日も徒労に終わりそうな重い足を引きずって聞き込みに歩いていた棟居は、路傍の電貼り広告にふと目を止めた。

これまで何度か目に触れていたが、その位置が通常の視線よりやや高く、見過ごしていた。

視線とほぼ同じ高さに貼られたかたわらの電柱のポスターの猫の写真に見おぼえがあった。よく太った白猫の狸顔の額に、釜を被ったような茶の縞がある。猫の名前はゴルフ。連絡先を見ると、大庭くのの家の近くの住人らしい。

その猫を、棟居はくのの家の近くで何度か見かけたことをおもいだした。飼い主の家が近いので、くのの住居に遊びに来ていたのかもしれない。

ポスターには「×月×日ごろ、家出をしたまま帰って来ない。保護、あるいは情報を提供してくれた方には薄謝を進呈する」と書いてある。

猫の家出日が、たまたま大庭くのが強盗被害に遭った当日と符合していた。偶然の一致とおもわれるが、棟居は気になった。老女の事件と猫の家出には、なにか関連があるのではないのか。

棟居は家出猫の飼い主に会ってみることにした。

降矢浩季は猫の飼い主に会う前に、その素性について調べた。

中岡弘之《なかおかひろゆき》はホームページの制作業者《ウエブデザイナー》である。企業や個人に代わってホームページを制作し、その管理をするエージェントである。

クライアントの依頼を単にコピーするだけではなく、斬新なアイディアを提供して、飛躍的にアクセスを拡大した。銀座八丁目の貸しビルに事務所を持っている。

中岡家は家族四人、妻との間に中学一年の女子と、高校二年の男子の二人の子供がいる。家庭は裕福で、近所の評判もよい。

以上の予備知識を得た上で、降矢は中岡弘之を銀座八丁目にある彼のオフィスに訪ねた。

中岡は降矢をクライアントとおもったようで、愛想よく迎えた。

初対面の挨拶の後、降矢は、

「実はお宅のゴルフのことでおうかがいしました」

「えっ、ゴルフを見つけてくださったのですか」

中岡は愛猫の名前を聞いて、面《おもて》を輝かした。

「いえ、実は私も、ゴルフというのですか、その猫の行方を捜しております」

降矢は中岡の勘ちがいを訂正すると、

「ゴルフの行方を捜している……」

束の間輝いた中岡の面に不審の色が塗られた。

「実は、ゴルフとそっくりの猫を飼っていた方に頼まれましてね、その猫の名前は茶釜といいますが、飼い主と共に行方をくらましてしまったのです。その後、飼い主の行方は杳として知れません。それが数日前、飼い主のお母さんがお宅の近くに所用がありまして、偶然、ゴルフのポスターを目にしたのです。お母さんはゴルフの写真を見て、茶釜にまちがいないと確信しました。そこでゴルフの飼い主の中岡さんに、その辺の事情を聴きたいということで、私が代理としてまいった次第です」

「猫のそっくりさんということはありませんか」

中岡は問うた。

「ここに写真を持ってまいりましたが、顔、体形、毛の紋様などから、同一猫にまちがいないとおもいます」

降矢は島崎夫人から託された数枚の茶釜の写真を差し出した。中岡は写真を凝《じ》っと見て、

「たしかにこれはゴルフですね」

とうなずいた。

「すると、茶釜は家出後お宅へ来て、ゴルフになったことになりますが、その辺の経緯《いきさつ》をお話しいただけませんか」

「つまり、ゴルフの元飼い主がゴルフを返してくれというわけですか」

中岡の口調が少し構えた。

「いいえ、そういうことではなくて、茶釜……ゴルフは前の飼い主と同時に行方不明にな

りました。おそらく飼い主が出先でなにかのアクシデントに巻き込まれたのではないかと推測されています。そこで、ゴルフの飼い主である中岡さんにうかがえば、前の飼い主についての情報をなにかおしえてもらえるかもしれないとおもったのです」

と降矢は言いながら、島崎賢一の写真と身上書を差し出した。

「島崎さんとおっしゃるのですね」

中岡は写真に目を落として言った。

「そうです」

降矢は島崎賢一が結婚式の当日、猫の茶釜（ゴルフ）と一緒に行方不明になった経緯を話して、中岡がゴルフを飼い始めたきっかけを問うた。

「実は、ゴルフは拾ったのです」

中岡は口を開いた。

「拾った……いつ、どの辺で拾ったのですか」

「少し前、健康のために習慣にしている散歩の途中で拾った……というより、ゴルフが後をついて来たのですね。人懐こい猫で、初対面にもかかわらず足許にすり寄り、歩きだすとついて来て離れようとしません。首輪はしていませんでしたが、毛並みは綺麗でシャンプーのにおいがしましたので、どこかの家の飼い猫が道に迷って帰れなくなったのだろうとおもいました。

飼い主が捜しているかもしれないので、途中で何度か追い返そうとしたのですが、結局、自宅までついて来てしまいました。家内が餌をやったものですから、家の前に居座って動かなくなりました。そのうちに情が移って飼いはじめたというわけです」

「ゴルフに初めて出会った地点で、なにか気がついたことはありませんか。たとえば近くに前の飼い主らしい人物がいたとか、あるいはゴルフを追跡して来た者とか……」

「さあ、そのような気配はありませんでしたね」

「不審な車両は見かけませんでしたか」

「車ですか……」

中岡は記憶を探るような表情をした。

「なにかお気づきの点がありましたか」

降矢は中岡の表情にわずかな反応をおぼえた。

「そういわれてみると、近くにある公園の手前に車が停まりまして、乗っていた人がトイレに駆け込んで行きましたよ。近くで見かけた車はそれ一台だけですね」

「どんな車でしたか」

「黒塗りのデラックスタイプのハイヤーのような車でした。窓が黒い、いわゆるサングラスカーでしたよ」

「それでは中にどんな人間が乗っていたかわかりませんね。トイレに駆け込んだのはどんな人物でしたか」

「お抱え運転手のようでした。運転席から飛び出して来ましたから。私は車に興味がないので車種はわかりませんが、車体に最近よく聞く宗教団体の名前が書かれていましたよ」

「宗教団体の名前……その名前、おぼえていませんか」

「えーと、なんといったかな。たしか命という文字があったな」

「正命教《しょうめいきょう》ではありませんか」

「それ、それ。正命教、それです」

「正真《しょうしん》会正命教の車が近くの公園にいたのですね」

「そうです。正真会正命教と車に書いてありました」

正真会正命教は政界と芸能界に信者が多く、政治家の庇護のもと芸能人を広告塔とした、派手で強引な布教によって急速に教勢を拡大した新興宗教である。

初代教主福永一命《ふくながいちのみこと》の出生は不明である。地方の地蔵堂の中から赤子の泣き声がするので近所の住人が覗いて、嬰児《えいじ》を発見し、我が子として育てる間に数々の奇跡を実現して、いつの間にか神仏の子として崇《あが》められるようになったとか、小さな方舟《はこぶね》に乗って海岸に漂着した赤子を漁師が発見して育てたとか、全焼した家屋の中でただ一人無傷のまま生き残り、発見した消防士によって育てられたとか、いくつもの伝説に取り巻かれている。

現在の教主、二代目聖命《せいめい》は、実子なき一命の養子となった。

地方都市の老舗旅館の次男坊に生まれた清《きよし》（聖命の幼名）は幼少のころより異能を発揮した。

その異能とは、まず能弁であり、中学から高校にかけて各種弁論大会で優勝を重ねた。彼の言語は明瞭であり、歯切れがよく、説得力があり、聴く者を魅了した。

実父が県議会議員に立候補したとき、清は父の応援演説を自ら買って出て、まったく勝ち目のなかった父をトップ当選させてしまったのである。

次いで商才を発揮し、地元の産物を郷土出身の芸能人とタイアップして全国的な人気商品に仕立て上げたり、時代に取り残されてゴーストタウン化していた商店街を逆手に取ってレトロ調に統一し、「永遠の郷愁、忘れ得ぬ故郷」のキャッチフレーズのもと、全国から多数の観光客を呼び集めた。

大学に進学した清は弁論部に入部し、さらに弁才を磨いた。清の実父は地元で小さな旅館を経営していたが、清の商才に助けられてレストランやホテル、ゴルフ場などに事業を拡張し、潤沢な資金を踏まえて中央政界に打って出、政権党の要路を占めるまでになった。

実父の躍進はすべて清の采配によるものである。

この清の異能ぶりに目をつけたのが、当時、清の生まれた地方に教団の拠点を置いていた初代教主の一命である。一命は布教の際、定宿にしていた旅館の当主、清の実父とも昵懇《じつこん》であった。

一命は実父に清を養子にと望んだ。当時、大学生であった清は、実父の政治活動にとって欠くことのできない軍師となっていたが、目下、教勢を伸ばしている正命教との提携が、政治生命を支える強固な基盤となると実父は考えた。

もし清が正命教の二代目教主となれば、政治家としての実父は強固な後ろ盾を得ることになる。胸中で算盤《そろばん》を弾《はじ》いた実父は、清を福永一命の養子に差し出したのである。

清自身も、実父の家にいては次男坊として、生涯、兄の部屋住みである。清は福永一命との養子縁組が自分の将来を開く絶好のチャンスと見た。

こうして一命の養子となった清は、辣腕《らつわん》を発揮し教勢の躍進に大きく貢献して、短時日のうちに教団内に確固たる勢力を築いたのである。

一命の高弟たちは、突如、初代教主の養子となって教団に入り込んで来た清に露骨な反感を示したが、清の能弁、商才、政界の勢力を背負った実父の政治力、頭脳の回転の速さなどに太刀打ちできなかった。清は初代教主の老衰と共に、まだ一命の相続声明がないうちに、すでに二代目教主としての地位を暗黙のうちに獲得していた。

そして、初代一命の「命」と、本名清を音読みにして「聖」の字を当て、二字を合わせて聖命と名乗り、二代目としての名乗りを事実上あげたのである。

清が聖命と名乗るのとほぼ同時に、実父は閣僚の椅子に坐った。総理・総裁を野心の射程に入れたのである。こうして正真会正命教は政界に強い楔《くさび》を打ち込んだ。

さらに聖命は呼気流と呼ぶ行を発明してブームを巻き起こし、教勢を一挙に躍進させた。

呼気流は呼気を集めて被行者（行を受ける者）の身体に吹きかけるだけでよい。患部に吹きかければ速やかに病いは寛解《かんかい》し、症状は軽くなり、やがて消失するという心霊療法である。

呼気流は入信して数日の研修を受けることによって、だれでも施行できるようになる。呼気流を施された者は、気のせいか症状が軽快したようにおぼえるところから、呼気流は信者以外にまで広まった。

医学界のおおかたはその効果を認めなかったが、気功の一種であろうと肯定する者もいた。実際にテレビに出演して症状が軽くなる場面を実演したことから大ブームになり、正真会正命教の教勢はまさに燎原《りようげん》の火のごとく拡大しつつあった。

この正命教の車を、茶釜を発見した近くで見かけたという。偶然かもしれない。だが、もし偶然でなければ、正命教と茶釜になんらかの関わりがあったことになる。

茶釜は正命教の車に乗っていて、運転手が公園のトイレに立ち寄った隙に乗じて車外に飛び出し、中岡と遭遇したということも考えられる。

「そのほかに、なにか気がついたことはありませんでしたか」

「正命教の車以外には、特に気がついたことはありませんでした」

中岡は答えた。

降矢は茶釜を中岡に託したまま、彼の許を辞去した。失踪した茶釜を取り戻すのは降矢の仕事ではない。

正命教は政・財界とのつながりが深い。へたに警察に連絡すると、政界から警察上層部に圧力がかけられる虞《おそれ》がある。

要するに、失踪した島崎賢一と共に姿を消した飼い猫が保護された近くで、正命教の車が目撃されたというだけにすぎない。

降矢は当分、このことは自分の胸に畳んだまま、正命教と島崎賢一の関係を探ってみることにした。

不確定な接点

棟居は家出猫の飼い主、中岡弘之を所轄署の大城《おおしろ》刑事を同道して訪ねた。中岡は二人から来意を告げられる前に、

「ゴルフの件ですか。警察もゴルフの前の飼い主を捜しているとすると、やはり前の飼い主はなにか事件に巻き込まれたのですか」

と問うてきた。

「中岡さんは、どうして私が猫の前の飼い主の件でお邪魔したことがわかったのですか」

棟居は少し驚いて問い返した。

「刑事さんがいらっしゃる前に、実は昨日、降矢さんという方が訪ねて来られまして、ゴルフの前の飼い主が、ゴルフと同時に家を出たまま失踪してしまったので、その行方を捜していると言っていました。ゴルフは半年ほど前に私が拾って飼っていたのですが、失踪癖がついたのか、またいなくなってしまいました。ゴルフの捜索ポスターを偶然目にした前の飼い主のお母さんに頼まれて、降矢さんがゴルフを拾った当時の事情を聴きに来られたのです」

中岡は棟居の訪問を先取りした形の降矢との経緯《やりとり》を伝えた。

棟居は迷い猫捜索ポスターから、意外な情報を聞き込んだ。老女強盗、殺人未遂の現場の近くで見かけた迷い猫から、新興宗教正命教が浮かび上がってきた。

いまの時点では、正命教が、棟居が担当している事件に関わっているとは断定できない。被害者の家の近くで見かけた迷い猫が、新しい飼い主に拾われた近くに正命教の車がいたというだけの話である。

棟居は先入観に染色されてはいけないと自戒しながらも、とかくの噂がある新興宗教の浮上に興奮をおぼえた。棟居の刑事としての直感からくる興奮である。

これまで頻発した六件の独り暮らし老女を狙った強盗殺人（未遂）事件の被害者と正命教の間には、いかにも関連性がありそうな気配が感じられる。

正命教の信者には老人が多いと聞いている。呼気を集めて信者の身体に吹きかけるだけで著効があるとする心霊療法は、当然、病者や老人たちの尊信を集めている。

棟居は新宿署に捜索願と共に届け出られた関係車両が、世田谷区若林の公園近くで発見されたという所轄からの連絡をおもいだした。

しかも、当該車両の発見、および目撃は、同じ日のほぼ同じ時間帯である。棟居はこの符合を重視した。

捜索願の当事者、島崎賢一という名前、および島崎家の飼い猫が同時に失踪したという情報も、棟居の聞き込みと一致している。車内から採取された猫の毛は、中岡に拾われたゴルフの毛にちがいあるまい。中岡が正命教の車を見かけたのも、また島崎賢一の失踪時運転していた車が発見された地点も、同じ公園の近くである。

棟居は自分が向かっている方角が正しいという手応えを感じた。

気負い込んで被害老女たちと正命教との関係を調べたところ、六人いずれも正命教とはなんのつながりも発見されなかった。正命教が被害者たちに入信を勧めに来た形跡もない。被害者たちの親族や知人たちにも、信者や関係者はいない。

気負い込んでいただけに、棟居は肩すかしをくわされたような気がした。被害老女たちと島崎賢一との間にはなんの関連性も発見されないが、島崎と正命教とのつながりの有無については、まだ捜査のアプローチをしていない。

当初、連続老女強盗殺人事件と島崎賢一の蒸発は切り離されていた。だが、若林の公園の近くという共通点は決して無視できない。

捜査本部では、棟居がくわえてきた聞き込み情報を重視した。そして、島崎賢一と正命教との関連性の有無についての捜査を捜査方針に加えた。

中岡から聞き込んだ情報を踏まえて、降矢は正命教を意識《マーク》した。

結婚式当日の朝、家を出た島崎賢一が運転していた車が二日後、世田谷区若林の公園近くに乗り捨てられていた。そして、中岡が同じ公園の近くでゴルフを拾い、正命教の車を見かけたという。降矢は、これは決して偶然の符合ではないとおもった。

降矢は賢一の両親や友人・知己たちに、賢一と正命教との関わりの有無について問うてまわった。だが、賢一が正命教に入信した形跡はなく、なんのつながりも残されていなかった。

降矢は、直接的な関連はなくとも、間接的につながっていたかもしれないと、視点を変えてみた。正命教の信者や関係者とつながりがあれば接点が生じる。

だが、せっかくの新視点も虚しく、賢一の周辺にも正命教と関わりを持っている人物は見当たらなかった。やはり偶然の符合であったのか。気負い込んだだけに、降矢の徒労感は大きい。

そのときショッキングな連絡がきた。末広泰造からの電話で、志織が会社からの帰途車にはねられ、救急車で病院に運ばれたと告げられた。

「それで、志織さんの容態はいかがですか」

降矢は驚愕を抑えて問い返した。

「身体に打撲傷を負っただけで、深刻な損傷《ダメージ》は受けていないとのことです。むしろ、精神的なショックが大きいようです。志織からまず降矢さんに連絡するようにと言われて、電話しました。もしお手すきでしたら、お顔を見せてやってくれませんか」

と末広は言った。

結婚式の代行以後、志織が降矢に対して特別な感情を抱いていることはわかっている。父親もそのことを察していて、なにはともあれ降矢に連絡してきたのであろう。

「すぐにまいります。それで、加害車両はわかっているのですか」

「そのまま走り去ったそうです。いま警察が捜査していると聞きました」

「それでは詳しいことは後にして、これから向かいます」

降矢は入院先を聞いて電話を切った。不吉な予感がしきりにした。

志織は車にはねられるような人間ではない。運動神経も優れており、反応も敏速である。そんな志織が車に当て逃げされたということは、車のほうになんらかの作為があったのではないだろうか。

不幸中の幸いに、さしたるダメージは受けていないようであるが、それも志織が逸速《いちはや》く気配を察知して躱《かわ》したからではないのか。

なんらかの意図をもって志織に車を当てたとすれば、どんな意図があるのか。降矢は、車を当て逃げした意図と、島崎賢一の失踪に関わりがあるような気がした。

遅い時間ではあったが、取るものも取りあえず病院に駆けつけた。志織は意外に元気で、降矢はひとまずほっとした。

志織は身体各所、包帯に巻かれて病院のベッドに横たわっていたが、突然、後方から突っ込んで来た乗用車を躱そうとして、自ら地上に倒れたときに打撲傷を負ったのみで、深刻なダメージはないということであった。

念のために撮影した脳血管画像にも異常は見られないということである。

だが、志織の精神的なショックは大きいようであった。

降矢が駆けつけたとき、志織ははにかんだような表情を見せた。亡き妻が軽い失敗をしたときによく見せた表情と同じである。降矢には、瑠璃が病院の手当てよろしく生き返ったように見えた。

「突然、後方から黒い乗用車がものすごいスピードで迫って来たのです。咄嗟に殺気のような気配をおぼえて躱したのですが、身体をかすられました。気がつくのが一瞬遅ければ、私は死んでいたはずです。地面に倒れたとき、身体を強く打ちましたが、意識は失いませんでした。突然のことで、車のナンバーも車種も確かめられませんでした。車はそのまま減速せず走り去ってしまいました。あの車は故意に私に当てようとしたのにちがいありません」

　志織は駆けつけた降矢に訴えるように言った。

「志織さん、落ち着きなさい。幸いに傷のほうは大したことはなさそうで、不幸中の幸いでした。いま殺気と言ったけれど、なにか心当たりはありますか」

「それがまったくおもい当たりません。私、人から恨まれるようなことはしていません」

　当日、勤め先の残業で遅くなり、帰宅途上、自宅の近くの路上でいきなり乗用車に突っかけられたということである。あいにく現場界隈に目撃者はおらず、志織自身が携帯で救急車を呼んだということであった。

　当て逃げされた直後は、全身の痛みとショックで身動きならず、このまま死んでしまうような恐怖をおぼえたので、取りあえず一一九番すると同時に、名前と住所を伝えたという。自宅には救急隊員から連絡がいった。

「とにかく生命に別状はないようで、ほっとしています。当て逃げ犯人の追及は警察に任せて、いまはゆっくりとお休みなさい」

　降矢は慰め、同時に励ますように言った。

「降矢さん、私、本当に生命に別状はありませんか。もしかして、脳の深いところにダメージを受けていて、このまま意識を失い、死んでしまうのではないかしら」

志織は不安の色を面に塗って言った。

「はは、なにを言うんです。そんな深刻な状態であれば、すぐに手術を始めていますよ。大丈夫。少し眠れば治ります。医者も二、三日後には退院できると言ってますよ」

降矢の言葉は嘘ではない。急患や重患のためにベッドを確保しておかなければならないので、軽傷の者はなるべく速やかに帰らせる。

ちょうどそのとき看護師が来て、いまは事故直後で興奮しているから、面会をそろそろ切り上げるようにと告げた。今夜は精神安定剤を服用して、明日の状態により、医師が入退院の是非を判断するということであった。

「また、明日まいります」

降矢が告げると、志織はつと手を伸ばして降矢の手を握り、

「私、怖いんです。またあの車が駆け戻って来るような気がして……」

と言った。志織の手が少し震えている。

「大丈夫です。当て逃げ車は警察に追われて必死に逃げています。第一、当て逃げ犯人は志織さんがその後どうなったか知りませんよ。とにかく今夜はゆっくり休みなさい」

と降矢は励まして、手を強く握り返した。

「本当に、明日また来てくださいね。目を覚ましたらそばにいて」

志織はすがりつくように言った。

病室から出た降矢は、志織の言葉を反芻《はんすう》して、はっとした。もし志織が言うように、犯人が悪意を抱いて志織を当て逃げしようとしたのであれば、まだ目的を達していない。志織は心当たりがないと言ったが、犯人にとってなにか都合の悪い事情を知っているのではないのか。志織はその事実に気がついていないのである。

生来の鋭い運動神経によって志織は危機を躱したが、必殺の当て逃げに失敗した犯人が、志織に脅威をおぼえている間は何度でも襲って来るかもしれない。

病院は急患に備えて四六時中ドアを開けている。各病棟、病室もロックされていない。悪意を持つ者がその気になれば侵入できる。当て逃げ犯人が、その結果を確かめずに逃走したのは、目撃者や通行人の目を恐れたからであろう。

すると、当て逃げ犯人は、その後の志織の行き先を知らないはずであるが、調べればわかるかもしれない。

本来、交通事故は加害車（者）と被害者が偶然に遭遇して発生する。だが、志織の言葉によると、加害車両は突然、背後から減速せず（むしろ加速して）襲って来たそうである。志織の行動パターンをあらかじめ偵察していて、交通事故を偽装して殺害しようとしたのかもしれない。

当て逃げ犯人が明確な殺意をもっていたとすれば、志織は依然として危険にさらされていることになる。

降矢は病院側に、今夜、志織の付き添いをしたいと申し出た。

「末広さんは軽傷ですよ。なんの心配もありません。本来なら、今日のうちにお帰りいただいてもけっこうなのですが、時間も遅く、念のためにお泊まりいただくのです。付き添いが必要な状態ではありません」

ナースセンターの看護師長が言った。

「それ以外の危険性が考えられるのです」

「それ以外、というと」

降矢は当て逃げ犯人の殺意について話し、

「警察は再襲撃の不安だけでは警護してくれません。私のおもい過ごしかもしれないので、個人的に付き添いをしたいのです」

と強く申し出た。

再襲撃の危険性があると告げられて、看護師長の表情が動揺した。狙う者に対して病院のセキュリティが万全であるとは保証できない。結局、看護師長は降矢の申し出を受け入れて、降矢の付き添いを許した。

降矢が付き添いをすると知って、志織の面から不安の色が消えた。ナースセンターが降矢のために補助ベッドを用意しようとしたが、

「付き添いが眠っては、付き添いになりません。大丈夫です。私は廊下のソファーで十分です」

と降矢は断った。廊下のソファーから各病室の出入口が見渡せる。怪しい者が侵入すれば、必ず降矢の視野に入る。

結局、その夜は降矢が案じたような気配はなく、なにごともなく夜が明けた。

翌日、志織に退院の許可が出た。志織は右足の関節に少し痛みが残っていたが、歩行にもほとんど支障はなかった。だが、医師は、二、三日は会社を休むようにと勧めた。

病院まで迎えに来た両親と共に、降矢も自宅まで彼女をエスコートした。一夜の付き添いで、志織の降矢に対する信頼は絶対的なものになっていた。

降矢は自分の危惧を志織に伝え、当分、身辺に注意するようにと忠告した。

「もう一度よくおもい返してください。最近、あなたが見たもの、参加したイベント、旅行、旅行先でなにかなかったか。出会った人たち、事件、例えば火事とか災害とか。またなにか預かったものはなかったか、どんな些細なことでもけっこうですからおもいだして

ください。それらの中に昨日の当て逃げ犯人が潜んでいるかもしれない」

と降矢に言われても、おもい当たる事物はなさそうである。

「当分の間、夜間の独り歩きや、昼間でもなるべく単独の行動は慎んでください。駅のホームは必ず中央を歩いてください。それから新興宗教の正命教、それに多少ともつながりのある人間が近づいて来たら、厳に注意してください」

降矢に忠告されて、志織は自分が遭遇した事故が単なる交通事故ではない実感を新たにしたようである。

「それでは、私の危険は去っていないというわけなのですね」

と彼女は降矢に問いかけた。だが、その後の言葉が尋常ではなかった。

「そうです。油断をしてはいけません」

「嬉しいわ」

「嬉しい？」

「だって、これからも降矢さんに護衛《エスコート》していただけるのでしょう」

と志織は探るように降矢の顔を見た。

「そ、それは……」

降矢はおもわず口ごもった。

「そ、それは、の先は？」

志織は追いすがった。

「もちろんエスコートします」

降矢は答えた。だが、四六時中、志織に張りついていることはできない。

「私のおもい過ごしかもしれません。念のためです。志織さんは殺気のような気配を本能的に察知して躱したと言いましたね。それは本当に殺気であったかもしれない。行きずりの接触事故であれば、そんな殺気があるはずはない。当分の間、くれぐれも身の回りに注意してください」

降矢は釘を刺した。

「降矢さんの忠告は守るわ」

志織は素直にうなずいた。

「志織さんが殺気を感じたとすれば、相手には必ずなんらかの理由があります。通り魔であれば車なんか使いません。車を使って交通事故に見せかけようとした犯人には、それなりの理由と周到な計画が感じられます。犯人にとって志織さんの存在が脅威になるようなことがあるはずです。おもいだしてください。どんな些細なことでもいい。なにかおもい当たることはありませんか。志織さんが気がつかなかったか、忘れてしまったのか。いずれにしても犯人にとっては重大な脅威となるようなことを、志織さんに見られたか、聞かれたか、知られてしまったと犯人が一方的におもい込むようなことがあったにちがいありません。無理におもいだそうとしなくてもけっこうです。心にかけておいてください。そのうちにふっとおもいだすかもしれない」

降矢は繰り返した。

「でも、本当に私が知らないことを、犯人が知っていると一方的におもい込むことはないかしら」

「それもあります。しかし、志織さんが実際に知っていようと知っていまいと、犯人にとって致命的なことに関わっている可能性がある限り、脅威であることに変わりはありません。犯人が安全を確保しようとおもえば、少しでも危険性のある脅威を取り除こうとするでしょう」

「私、他人の弱みなんかに興味はないわ」

「志織さんの興味の有無は問題ではありません。本当におもい当たることはありませんか」

「それがないのです」

志織は途方に暮れたような表情をした。自分にまったくおぼえのないことで狙われたのでは、防ぎようがない。

「もしかすると、犯人の脅威は賢一さんの失踪に関わっているかもしれませんね」

降矢は胸の内に兆していた質問を発した。

「賢一さんの失踪に……」

志織は、はっとしたような表情をした。

「なにかおもい当たることがありましたか」

降矢は彼女の表情の変化を探るように見た。

「いいえ。ただ……」

「ただ……なんですか」

「最初に賢一さんに会ったとき、ちょっと驚いたような顔をしました。婚約したとき、賢一さんにそのことの意味を尋ねると、以前、どこかで私に会ったような気がしたけど、人ちがいだったと言いました」

「志織さんは賢一さんにそれ以前どこかで会っていたのではありませんか」

降矢は問うた。

「いいえ、ございません」

志織ははっきりと否定した。

「そのとき賢一さんは、以前どこかで会ったことはないかと聞きませんでしたか」

「いいえ、聞きませんでした」

「インタビューする前に電話でアポを取りませんでしたか」

「取りました」

「そのとき声でわからなかったのでしょうか」

「声ではわからなかったのかもしれません。実物を見て既視感《デジャビュ》をおぼえたのでしょう。賢一さんは私に似た人と、以前どこかで会ったのかもしれません」

志織の言葉を聞いて、降矢は、まさかと胸の内で否定した。島崎賢一が瑠璃に以前出会っていたのではないかと連想したのである。その可能性は考えられる。

降矢は志織の言葉が気になった。賢一はインタビュー以前にどこかで志織に会っているのかもしれない。賢一が一方的に志織を認識しているだけであって、彼女はインタビュー以前の出会いに気がついていなかったのであろう。

だが、もしそうであれば、賢一はなぜそのとき志織に、以前どこかで会ったことがなかったかと問わなかったのか。

もしかすると、賢一にとって志織に初めて出会った（一方的に認識した）場面は、都合の悪い事情があったのかもしれない。その事情が彼の失踪の原因、ひいては志織のこの度の当て逃げ被害に連なっているのではないか。降矢の想像は次第に脹《ふく》れ上がってきた。

志織を病院から自宅に送り届けた後、間もなく彼女から降矢に電話がかかってきた。

「直接関わりがあるかどうかわかりませんが、おもいだしたことがあります」

志織は言った。

「どんなことでもけっこうです」

「私、休日を利用して老人介助のボランティアをしています。私が担当していたおばあちゃんが強盗に殺されました。殺される何日か前に、おばあちゃんの家の近くで、いまにしておもえば挙動不審な男の人に出会ったことがあります。自転車に乗っておばあちゃんの家の近くをうろうろしていました。もしかすると、あの男はおばあちゃんを狙って偵察していたのかもしれません」

「その男の顔を見ましたか」

「ちょっと目を合わせただけでした。特徴のない顔でしたが、細い目をしていて、冷たい感じでした。慌てて目をそらすと、自転車を漕いで逃げるように走り去って行きました」

「そのことを警察に話しましたか」

「いいえ。事件の当日ではありませんし、なんの関係もない人を、私の感じだけで容疑者扱いしたくなかったので、おばあちゃんが殺された事件を報道で知った後も黙っていました」

「おばあさんの名前と住所をおしえていただけますか」

「北沢うめさんといいます。住所は世田谷の若林四丁目です」

「その事件なら、私も報道で知っています。連続老女襲撃事件の被害者の一人ですね。犯人はもう一人のおばあさんを襲って未遂に終わり、その後、鳴りをひそめているということですが、犯人が志織さんの顔をおぼえていたかもしれませんね」

「犯人が私に顔を見られたとおもって、私の口を塞ごうとしたというのですか」

「仮に犯人がそのようにおもったとしても、束の間、目を合わせただけで、志織さんの身許や住所は知らないはずです。可能性がまったくないわけではありませんが、犯人が志織さんを追跡して来たという想定は現実性が薄いですね」

「ごめんなさい。つまらないことをおもいだしちゃって……」

「いや、つまらないことではありません。連続老女襲撃事件の犯人はまだ捕まっていません。志織さんがその被害者の一人と接点があったことは見過ごせませんね」

降矢はこの接点を掘り下げてみる必要があるとおもった。被害老女の中に正命教と関わりを持っている者がいれば、志織と北沢うめとの接点はさらに重大な意味を持つ。

志織から得た情報による接点は、現時点では接点といえるほど確定されていない。志織と挙動不審の自転車男は束の間視線を合わせただけで、果たして自転車男にどの程度の印象を残したか不明である。

自転車男が単に行きずりの通行人であれば接点はなく、また事件に関わりがあっても、彼の印象に残っていなければ接点とはいえない。

仮に、自転車男が志織を意識したとしても、その素性をどのようにして探り出したか不明である。

だが、降矢の探索力には限界がある。降矢はこのようなケースに対応する恰好の人物をおもいだした。

大学山岳部時代のザイルパートナーであった岡野種男《おかのたねお》である。岡野とはザイルで身体を結び合い、何度も困難な山岳登攀《とうはん》を共にした仲であった。

卒業後、岡野は警察に入り、人生行路が分かれたが、降矢が代行業を始めてから時折連絡を取り合うようになった。岡野からの依頼でいくつかの代行を務めたこともある。

岡野はその後、公安に配属されたということであるが、いまは警察を辞め、私立探偵をしている。公安時代に培ったのであろう各方面の彼の情報収集力には定評がある。警察も岡野の情報収集力に目をつけ、彼を協力者《レポ》として利用しながら、ギブ・アンド・テイクの情報交換をしているらしい。

降矢からの依頼を受けた岡野は、

「おれのところにも最近、正命教に関わる依頼人《クライアント》が増えてきている。あの宗教はたぶんにきな臭いよ。宗教《トリイ》方面にはパイプがある。調べてみよう」

岡野は請け負ってくれた。

同じ靄《もや》の中の疑惑

岡野のレスポンスは速やかであった。数日後、岡野から連絡があって、

「面白いことがわかってきたよ」

と開口一番に告げた。

「面白いこととは……なんだね」

岡野の口吻《くちぶり》に、降矢は彼がくわえて来たものが尋常ではない手応えをおぼえた。

「連続老女襲撃事件の被害者たちは、いずれも正命教とは無関係だ。だが、あんたが新郎の代役を務めたという島崎賢一は正命教とつながっていたよ」

岡野は意外な情報を伝えた。降矢の調べでは、賢一の周辺には正命教との関連性は発見できなかったのである。

「島崎賢一は直接には正命教に関わっていない。だが、賢一が可愛がっていた飼い猫の実家が、大学時代の動物研究会の一人で、加倉井弘文の家だったよ」

「かくらいひろぶみ？」

「加倉井一進《いっしん》の息子で、その私設秘書を務めている。賢一とは同じ大学の同期で、共に動

研のメンバーだった」

「加倉井一進といえば、バカラ大臣で名前を知られたあの加倉井一進かね」

「そうだよ。バカラに嵌《は》まり、公務を放擲《ほうてき》して韓国に通い、大臣の椅子を失った加倉井一進だ」

加倉井一進は政権党の有力派閥の領袖《りょうしゅう》であり、現職の小野塚《おのづか》首相をバックアップして総理大臣の座に押し上げた功労者である。政界の遊泳術に長《た》け、抜群の資金収集力を踏まえて、党内に勢力を扶植した。

加倉井がミソをつけたのは、国対委員長を務めて、当時の矢部《やべ》首相に忠誠を誓った見返りとして、晴れて閣僚入りを果たした後、ヨーロッパ視察旅行の旅費を受け取りながら韓国に隠密裡に出かけて、バカラ賭博に興じた事実が露見したときである。

加倉井はもともとギャンブル好きで、地方の素封家に生まれ、累代の稼業である老舗旅館の社長となってから博奕《ばくち》に拍車がかかり、中央政界に打って出る前段階の県議会議員時代、議会を放擲して競馬場に通い、問題となったことがある。

中央政界入りを果たした後も博奕にますます熱を上げ、特にバカラ賭博に嵌まって、密かに韓国に通うようになった。

これをマスコミに嗅ぎつけられて報道され、すべての役職を退いたが、潤沢な資金にものをいわせて派閥を養い、依然として隠然たる勢力を政界に張っている。

前首相が病気退陣した後、三人の後継候補が立てられ、現首相小野塚は第三位の圏外であったが、土壇場で加倉井が小野塚支持を打ち出し、党幹部を動かし、前首相が小野塚を指名したという経緯がある。

それだけに小野塚首相としては加倉井に頭が上がらない。

「そのバカラ元大臣の息子の家が、飼い猫の実家とは……」

「加倉井弘文から、島崎賢一と共に失踪したという猫をもらったんだとさ。あんたも飼い猫の実家まではマークしなかったようだな」

「そうか。茶釜は加倉井弘文からもらったのか。たしかに猫の実家までは追わなかったな。つまり、加倉井弘文が正命教に関わっているというわけだな」

「いや、弘文ではなく、父親の加倉井一進が正命教の創始者福永一命と昵懇で、正命教が一進の支援母体になっている」

「猫の縁で正命教とつながっていたというわけかね」

「猫の縁だけではないよ」

「猫の縁だけではない？」

「あまり知られていないが、現教主聖命は加倉井一進の次男で、一命に見込まれて彼の養子になったんだ」

「本当かい」

「ひた隠しに隠しているが、知る人ぞ知るだ。加倉井弘文と聖命は兄弟というわけだ。賢一は加倉井弘文の紹介で、正命教に動物サプリメントの販路を広げていた。正命教の信者は公称八十万、現在、急速に教勢を拡大している。信者に犬や猫を飼っている者は多いだろうから、このマーケットは大きいぞ」

「さすがは岡野だ。凄い接点を見つけてくれたな」

わずかな日数でこれだけの情報をくわえて来た岡野の情報収集力の凄さに、降矢は改めて感嘆した。

だが、賢一と正命教との接点はほぼ特定できたが、志織と北沢うめの接点は依然として曖昧である。降矢は連続老女襲撃事件の犯人が、賢一の失踪、および正命教と関連性があるような気がしてならない。

降矢の心中を読んだかのように、

「末広志織の当て逃げと連続老女襲撃事件を、無理に島崎の失踪や正命教と結びつけてはいけない。それはあんたの先入観というものだ。脅かすわけではないが、正命教は不気味な集団だよ。宗教団体でありながら、昔の僧兵のような戦力を養っているらしい。この連中を敵にすると、刺客《しかく》が派遣されるかもしれないぞ」

と岡野は穏やかならざることを示唆した。

「つまり、志織さんを当て逃げした加害者は、正命教の刺客かもしれないというのか」

「それが先入観というものだよ。だが、可能性ならば否定はできないな」

岡野の言葉は深長な意味を含んでいる。

「正命教が戦力を持っているということは本当なのか」

「確認はされていないが、教団内に実力部という部署があり、柔・剣道の有段者や、自衛隊や、警察出身者、あるいはレスラーやボクサー上がりの信者で固めているそうだ。宗教団体がなんのためにそんな部署を設けているのか。実力に訴える備えではないのか。独裁国家でなければ、軍が市民に銃口を向けることはないが、民主国家であっても民間の巨大な組織や団体が個人に対して暴力をもって恫喝《どうかつ》したり、実力行使することは可能だよ。個人が武装して対抗することはできない。そんなとき個人が頼るのは警察だが、警察は事件が発生しない限り動かない。正命教はまさにそんな実力を持つ組織になりつつある。いや、すでになっているだろう。引きつづき、末広志織や被害老女と正命教との関係の有無を調べてみるよ」

岡野は言った。岡野自身、この調査に興味をもっているようである。

棟居は降矢浩季に興味をもった。

彼はなぜ大庭くのの家の近くにいた猫に関心を抱いたのか。中岡の話によると、その猫の前の飼い主は捜索願を出されている島崎賢一であるという。彼と正命教との間には直接の関連性は認められない。賢一の結婚セレモニー一切を仕切った降矢に事情を聴けば、なにか新しい発見があるかもしれないと、棟居はおもった。

棟居は島崎や正命教の予備知識を多少蓄えた上で、降矢に面会を申し込んだ。降矢は棟居からの申し込みに少しとまどったようであったが、承諾した。

棟居は降矢が指定した彼の事務所に、所轄署の大城刑事を同道して訪ねて行った。連続老女襲撃事件の捜査本部に参加していることを告げて棟居は本題に入った。

降矢から伝えられた情報は、島崎賢一の失踪と正命教の接点を示唆するものであったが、連続老女襲撃事件、および北沢うめ殺害事件には直接つながらない。

降矢は島崎の失踪と正命教との関連性を確信しているようであるが、猫の実家が正命教を支援母体としている加倉井一進の息子の家というだけでは、接点としては弱いような気がした。

「降矢さんは末広志織さんの当て逃げが別個の事件ではなく、北沢さん殺害と関連性があると疑っておられるようですが、加害者はどうして末広さんの素性を知り得たのでしょうか」

棟居は問うた。

「加害者が一方的に末広さんを知っていたのかもしれません」

「その可能性も考えられますが、挙動不審者が末広さんと出会ったのは、北沢さんが殺害される前です。もし末広さんに脅威をおぼえていれば、犯行を中止したのではありませんか。また北沢さんが殺害されてから末広さんが当て逃げされるまで、タイムラグがありすぎます。北沢さんの事件と末広さんの当て逃げ被害を正命教に結びつけるのは無理があるようにおもいますが」

「私も無理があるとはおもいます。でも、島崎さんの飼い猫が新しい飼い主に拾われた近くで正命教の車が目撃され、前後して島崎さんの失踪時運転していた車が発見されたという符合を見過ごせないのです。おっしゃる通り、北沢さんの事件と末広さんの当て逃げ被害は、島崎さんの失踪と正命教とは無関係かもしれませんが、私の意識の中では、これらの事件や関係人物が同じ靄《もや》の中で烟《けむ》っているのです」

「同じ靄の中で烟っている……なるほど」

棟居はうなずいた。

棟居も同じ靄の中に一連の事件が烟っているように見えたので、降矢に会いに来たのである。

正命教と北沢うめ殺しはまったく関係ないというわけではない。猫がいた。島崎賢一と共に失踪した飼い猫が、北沢うめの自宅からあまり離れていない大庭くのの家の近くを徘徊していたのである。大庭を襲った犯人と北沢を殺した犯人は、手口から見ても同一人物であるかもしれない。

中岡の証言によれば、猫の家出日および保護された時間帯と、大庭の被害時刻はほぼ重なり合っている。とすれば、猫が保護された地点の近くに居合わせた正命教や島崎賢一と、大庭を襲った犯人が接触した可能性が生ずる。

棟居はこの点を重視した。偶然であったとしても、両者が接触したとすれば、そこになんらかのつながりが生じたかもしれない。

一方は大庭くの以下北沢うめ殺害など複数の余罪を抱えている。また他方は、島崎賢一の失踪に関わっている。両者共に臑《すね》に疵《きず》を持っている。

弱みを抱えた者同士が接触したらどうなるか。どちらにとっても都合の悪い出会いであったはずである。

そこまで思案を巡らした棟居は、ふと、ある可能性におもい当たった。北沢うめ殺害後、しばらく鳴りをひそめていた犯人は、大庭くのを襲い、未遂のまま逃走、その後消息を絶ってしまった。

連続老女襲撃事件はぷっつりと絶えた。このことが正命教との接触疑惑に起因しているのではないのか。棟居の推測は次第に膨張していった。

棟居刑事らの訪問は、意識の一部で予期していたとはいえ、降矢に衝撃をあたえた。

島崎賢一の捜索願は所轄署に出していたが、連続老女襲撃および殺害事件の捜査本部員が、末広志織が大庭くのおよび北沢うめの家の近くで出会った挙動不審者をおもいだしてから数日して訪ねて来ようとはおもっていなかった。

岡野から島崎と正命教との接点について報告を受けた後、ほとんど間をおかぬ棟居らの訪問に、岡野が彼らに連絡したのではないかと疑った。

もともと岡野は公安出身であるから、我が方の情報が棟居らに筒抜けになったとしてもやむを得ない。

しかし、民間の私立探偵になった岡野が、調査依頼を受けた情報を警察に流すとは考えられない。あるいは岡野情報は棟居らから得たのかもしれないとおもったが、捜査本部にとっては島崎の飼い猫の実家が加倉井家であるということは初耳であったようである。とすると、岡野は情報を棟居らに漏《も》らしていないことになる。

いずれにしても、捜査本部が正命教に目をつけた事実は、島崎の行方と志織の当て逃げに新しい展開を見せるかもしれない。

棟居は志織の当て逃げと賢一の失踪の関連性については懐疑的であったようである。つまり、警察は志織の当て逃げは偶発の事故であり、正命教の刺客の仕業ではないと見ている。

志織の警護を警察に託すことはできない。志織を護る者は自分以外にはいないと、降矢は覚悟を新たにした。

岡野の報告を受ける前から、降矢は未遂に終わった当て逃げ犯人がまた襲って来るにちがいないという予感がしている。それはレーンジャーとして実戦さながらの訓練によって培った自衛本能と、スタントマンの経験から得た触覚に触れる殺気である。

末広志織は島崎の失踪後、心機一転を図り、雑誌記者時代の伝《つて》を頼ってある大手広告代理店に転職した。最初、総務部に配属され、経理部経理課に移った。そこで志織は意外な才能を発揮した。

広告代理店の営業マンはクライアントの獲得にしのぎを削る。彼らの仕事の主体はクライアントの接待といっても過言ではない。腕のいい営業マンは若くして多額の接待費をあたえられる。毎夜のようにクライアントと共に銀座、赤坂を飲み歩く飲み代は莫大である。

接待費が必ずしもクライアント獲得につながるとは限らない。プレゼンが通るか通らないかという瀬戸際に立って使う接待費は博奕の一種である。いまにも新しい仕事《プロジェクト》が転り込みそうな気配にかけて、多額の接待費を投資した後、いとも簡単に他社に奪られるというケースは珍しくない。

この業界は常に「奪った、奪られた」が当たり前の世界である。

社歴は浅いが辣腕の営業マンが、大手クライアントの社長に銀座のトップホステス付きのマンションをプレゼントした後、ライバル社に仕事を奪られたことがあった。ホステスの恋人がライバル社の社員で、クライアントの社長を口説き落としてプロジェクトをライバル社に乗り換えさせてしまったのである。

経理課には社内の接待費の請求書《ツケ》が集中する。経費として認められないツケの溜まった社員からは取り立て、また社用私用が曖昧なツケをクリアするのが経理課員の役目である。

志織は社内の溜まりに溜まった接待費のツケをクリアする名人であった。それも社員から直接取り立てる場合だけではなく、ツケが溜まっているクラブやバーや飲食店と直接掛け合って、ツケの内容を確認し、値切れるものは値切り、曖昧なものは切り捨てる。

ツケの中には接待業者が架空であったり、支払い先が不明な伝票や、あるいは共同接待の伝票を送りつけてくることもある。水増しの伝票もある。総額だけを記入した伝票については、いちいち明細を要求する。

狡猾《こうかつ》なクライアントに引っかかったり、プレゼン合戦に敗れたりして溜まったツケが接待費として認められないときは、営業マン本人が負担しなければならなくなる。彼らは企業戦士として全力を尽くして戦い、敗れたのである。勝敗が戦いの常である戦士にツケを押しつけるのは酷である。

このような場合、志織は人事部に働きかけて、ツケの当事者を他の部署に移してもらうようにした。現部署会計主義の内規があり、接待費や諸費用は部署限りとされている。志織によってツケ地獄から救出された社員は少なくない。社内では彼女のことを「ツケの女神」と呼ぶ者もいる。

外を飛び歩く営業や接客部門と異なり、会社にいる間はまず安全であるが、通勤の往復や外出時が危険である。降矢は、勤務中はなるべく外出せず、往復の通勤は単独にならないようにと忠告した。

だが、経理は残業が多く、帰宅が遅くなることも珍しくない。残業で遅れるときは、降矢がエスコートすることにした。

朝の通勤時も安全というわけではない。可能な限り、降矢が同行したが、四六時中張りついているわけにはいかない。

また自宅にいるときも安全は保障されていない。降矢は志織に常に居所を明示する携帯電話を持たせた。これによって、日常の生活圏から離れたり、社外や自宅の外で長時間動かなかったりする場合は、降矢がすぐに駆けつけられるようにした。

だが、これで志織の安全が保障されたわけではない。犯人はいつでも、どこからでも自分にとって都合のよい時間に仕掛けられる。それに対して狙われる側が、常に万全の防備態勢を布《し》くことは不可能である。

あるいは降矢のおもい過ごしかもしれない。たとえおもい過ごしであっても、姿の見えぬ脅威に対してあたう限りの手を尽くすべきである。それが志織と瓜二つの亡き妻に対する償《つぐな》いであるような気がした。

瑠璃と結婚してから、降矢は仕事に追われて、ほとんど妻と向かい合って話をした記憶がないことに気がついた。降矢がおもい過ごしかもしれない見えざる敵の脅威に対して我が身を盾にしてでも志織を護衛しようとするのは、亡き妻に対するおもいと重なっている。

瑠璃は生前、都心の大手会館、芙蓉《ふよう》会館のロビーマネージャーを務めていた。まだ降矢が代行人として収入が不安定な時期、家計を助けるために始めた仕事であった。

彼女は会館が扱う多種多様な宴会や集会に対応して、見事な才能を発揮した。国際会議、新製品発表会、役員の就任披露、記念式典、褒賞また結婚披露宴や法事等の家事的（一般）利用に至るまで、人間は事あるごとに集まる動物である。

それに応じて、さまざまな事故や、想定外のハプニングが発生する。それらに瑠璃は的確に、また臨機応変に対処して、会館の主力商品である集会を全うさせた。

瑠璃は会館にとって欠くべからざる人材になっていた。ロビーマネージャーの仕事時間は、担当する宴会次第である。当夜遅い宴会を担当した瑠璃は、帰宅途上殺害され、自宅近くの空き地に遺体を放置された。

所轄署に捜査本部が設置されて捜査されたが、殺害動機も犯人も不明のまま迷宮入りになった。

瑠璃は殺害される少し前、

「最近、だれかに監視されているような気がするの」

と降矢に訴えたことがあった。当時、ようやく代行業が軌道に乗り始めて多忙を極めていた降矢は、

「気のせいだろう」

と言って、ほとんど取り合わなかった。いまにしておもえば、瑠璃はなに者かが自分を狙っている気配を本能的に察知していたようである。

あのとき降矢がもっと真剣に話を聞いてやれば、彼女は死なずにすんだかもしれない。降矢は自分が間接的に妻を殺したような気がした。

いま志織を脅かしている正体不明の危険な気配が、妻を殺した犯人から発せられているような気がするのも、瑠璃を護ってやれなかった後悔と重なっているのかもしれない。

その後しばらく、なにごとも起きなかった。やはりおもい過ごしであったかと、降矢は少し緊張を緩めた。

岡野が示唆したように、背後に正命教の派遣刺客が潜んでいれば、獲物《ターゲット》の警戒が緩むのを待っているにちがいない。降矢は杞憂であったかもしれないと内心おもいながらも、レーンジャーの職業的戦闘訓練に磨かれた本能が醒《さ》めていた。

この時期、志織の会社の社員旅行が行われることになった。社員旅行といっても全社員が同時に出かけるのではなく、各部署ごとに交替で挙行される。

最近、社員旅行は若い社員に人気がなく、廃《すた》れかけているが、志織の会社では勤務時間《シフト》がまちまちで、同じ部署でも顔を合わせることが少ないので、社員旅行は人気があった。

仕事の性格からあまり遠方には行けない。今期の社員旅行は熱海《あたみ》と決定した。新幹線で一時間足らずの距離であるが、オールラウンドのリゾート地として風光と観光資源に恵まれ、設備が整っている。

志織から社員旅行の予定を聞いたとき、降矢は、

「志織さんが感じたように、犯人が殺意をもって当て逃げをしたのであれば、まだ目的を達していません。社員旅行は犯人にとって絶好の機会です。ここは自粛してください」

と言下にやめるように忠告した。

「ごめんなさい。降矢さんにはご心配をかけますけど、この旅行は私が行くことを前提にして計画が立てられたのです。私がやめるわけにはいかないわ」

志織は当惑したように言った。

「当て逃げされたときの恐怖を忘れたのですか。もし当て逃げに正命教が関わっていれば、この機会を見逃しませんよ。旅行先では万全の護衛ができません」

「大丈夫よ。会社の人たちも一緒にいることだし、一人で行動はしないわ。ホテルで宴会をした後は、外へ出ません。まさか部屋の中にまでは押し入って来ないでしょう」

志織は社員旅行に乗り気になっている。当て逃げ事件以来、買物や映画、コンサート、その他ほとんどの外出を控えている志織にとって、この度の社員旅行は久しぶりの息抜きである。

それをやめろというのは酷であった。降矢は自分の取り越し苦労ということにして妥協した。

「念のために、私が陰供《かげとも》をします」

「かげともって、なんですか」

「目立たぬようにエスコートすることです」

「昔の忍者のように陰に隠れて護衛することね」

「そうです。しかし、陰供では万全の警護はできません。くれぐれも身辺に注意してください ね」

「わかりました。我《わ》が儘《まま》言ってごめんなさい。でも、降矢さんが陰供をしてくださるなら、安心だわ」

志織は降矢に全幅の信頼をおいているようである。

社員旅行の当日になった。経理課員は収納（会計）課を合わせて約三十人。東京駅に集合して新幹線で熱海へ向かう。一年に一度の社員旅行とあって、みなうきうきして見える。

降矢の陰供は、課長だけに告げている。一行によけいな不安をあたえないためと、参加者が降矢の陰供を知っていると、刺客に察知される危険がある。

護衛がついていることを刺客に知らせて牽制するという手もあるが、刺客は一人とは限らない。刺客に陰供を気づかれれば、標的よりも先に降矢の動きを封じようとするかもしれない。

降矢はなるべく志織の近くに席を取った。往路一時間弱の新幹線車内ではなにごとも起きなかった。彼らも車内で事を起こせば、退路を断たれる虞があることは承知しているであろう。彼らが襲って来るとすれば、ホテル館内が最も確率が高いとみた。

到着後割り振られた二人部屋に同僚とおさまり、宴会開始まで、各自、温泉に入ったり、街へ出たりして過ごす。志織は同僚と一緒に温泉大浴場へ行った。混浴ではないので、降矢は大浴場の中までついて行けない。もし刺客が女性であれば、最も危ない。

だが、温泉に来て、温泉に入るなとは言えない。降矢は大浴場前の休憩コーナーではらはらしながら志織を待った。幸いになにごともなく、志織は湯の香りを漂わせながら同僚と一緒に出て来た。

休憩コーナーの降矢と目が合うと、にこりと笑いかけた。降矢は表情を抑えて、首をわずかに横に振った。あくまでも他人を装うようにと言い渡してあるが、旅先での解放感からか、志織は事前の取り決めをすっかり忘れているようである。幸いに周囲には他の浴客はいなかった。

間もなく広間で宴会が始まった。刺客が宴会場に乱入することはあるまい。宴会場から賑やかな笑声が漏れてくる。食事をしながら隠し芸でも披露しているのではないのか。

約二時間で宴会が終わり、一行の大半は館内のカラオケルームに移動した。その他の者はマッサージを取ったり、マージャンに興じたりする。

志織はカラオケルームに移動した。カラオケルームは貸し切りではない。降矢は一般客に紛れてカラオケルームに入った。志織の一行が圧倒的に多く、一般客になかなかマイクがまわらない。

志織も一曲歌った。最近のポピュラーらしく、降矢の知らない歌であったが、なかなかの美声である。降矢は志織の歌を初めて聴いた。

一曲歌い終わった志織が一般客の一人にマイクを手渡して、化粧室に立った。

そのときマイクをまわされた一般客が、少し離れた席に坐っていた一般客の男に目配せをしたように見えた。一般客が歌い始めると、目配せを受けた男がさりげなく席を立って、カラオケルームから出て行った。降矢の胸に不吉な予感が走った。

同時に、降矢はカラオケルームから出て行った一般客の後を追っていた。志織と男の姿はすでに降矢の視野の中にない。

最寄りの女性化粧室の中からわずかな気配が漏れた。降矢はためらわずに女性化粧室に駆け込んだ。男が志織を羽交《はが》い締めにして口を押さえている。降矢は背後から男の首に手刀を叩き込んだ。

志織に意識を集中していて、背後が無防備になっていた男は、凄まじい打撃を頸動脈《けいどうみやく》に受けて、束の間、意識を失い、床に頽《くずお》れた。

同時に降矢は背後に凶悪な気配をおぼえた。降矢は志織を庇《かば》いながら、軸足を回転して後方を蹴った。志織からマイクをまわされた客が、降矢の強烈な回し蹴りをこめかみに受けて、床に倒れた。

一瞬の間に二人の暴漢を床に這わせた降矢は、茫然としている志織の手を引いて、化粧室から出ると、ホテルのフロントカウンターに走った。

降矢から志織が女性化粧室で二人の暴漢に襲われたと告げられたフロント係は、警備員を呼んで化粧室に行ったが、すでに二人は消えていた。

カラオケルームでは志織からマイクを受け取った一般客が、突然歌うのを止めて部屋から走り出て行ってしまったので、啞然《あぜん》としていた。

ホテル側が騒ぎを起こした二人の客を捜したが、二万円の到着時預り金《デポジット》を未精算のまま、すでに出発していた。予約は昨日、観光案内所経由で入っている。

社員旅行に参加していて絡まれた女性もダメージはない。本人および団体の責任者からも穏便にすましてもらいたいというリクエストがあり、ホテル側も到着時預り金があったので、なんの被害もなく、内分にすますことにした。ホテル側としては、警察の介入はなるべく避けたいところである。

志織は女性化粧室に突然男が入り込んで来たので、驚いて声を出そうとしたとき、布で鼻孔を塞がれて意識を失いそうになったところを降矢に救われたと言った。おそらく麻酔薬をしませた布を志織の鼻孔に当てようとしたのであろう。

彼らは麻酔薬で志織を昏酔させて拉致しようとしたらしい。幸いに未然に防止できたが、危ないところであった。

「これで志織さんの勘が当たっていたことが確認されました。やはり考えすぎではなかった。彼らは本気で志織さんを狙っています。そして、彼らも志織さんに護衛がついていることを悟った。これからは本気になってきますよ。ホテルの館内で仕掛けてきたくらいですから、会社の中でも油断は禁物です」

「これまでは本気ではなかったのですか」

志織は襲われた衝撃に耐えて問うた。

「これまでも本気でしたが、護衛がついているとは知らなかったでしょう。護衛の存在を知った彼らは、次はもっと強力な刺客を送って来るでしょう」

「私には降矢さんがついていてくださるわ」

志織は降矢に全幅の信頼を置いている。

「私の力の及ぶ限りのことはいたします。これからはどんな近距離でも一人の外出は控えてください。自宅にいるときは、昼間でも必ずロックしてください。ＧＰＳ付きの携帯は常に肌身離さず、よろしいですね」

彼らはホテルに前日予約を入れて待ち伏せをしていた。彼らは志織の行動予定を把握していた。

正命教の信者は社会のあらゆる方面に分布している。志織の職場にも信者はいるであろう。社員旅行の目的地にまで刺客を送って来るとは尋常ではない。

すでに一度、市中で仕掛けて失敗した彼らとしては、前回の轍《てつ》を踏みたくなかったのであろう。そこで社員旅行先の解放感に乗じてきた。降矢が気づくのが一拍遅れていれば、志織は彼らの網にかかったはずであった。

降矢は手遅れになった先の志織の運命を想像するだに、肝が冷えた。刺客が推測の通り正命教から派遣されたのであれば、彼らは組織力を持っている。個人の降矢が組織から志織を護衛し通すには限界がある。

だが、刺客と正命教との関係が証明されない限り、警察に保護を求めても取り合ってもらえない。当て逃げ犯人や、ホテルの暴漢にしても、正命教の手の者と確認されたわけではない。

当面、志織を自分一人で護らなければならないと、降矢は覚悟を定めた。

社員旅行先での事件以後、降矢は本業の代行業をスタッフに任せて、志織の護衛専門になった。

まず、通勤の往復、社用・私用を問わず外出時のエスコート、そして在宅時は二時間刻みに連絡を取り合う。定時、連絡がなければ志織の身辺に異常事が発生したことになる。そんなことのないように、彼女の自宅の警備態勢《セキュリティ》を強化した。

それでも満足せず、降矢は身体が空いているときは、志織の家の周囲をパトロールした。

社員旅行以来、降矢は陰供をやめ、自分の姿を見せるようにして志織を護衛した。すでに敵は降矢の存在を知っている。敵は降矢の正体と、その経歴《キャリア》を調べ尽くしているであろう。

それに対して我がほうは敵の正体を憶測しているだけにすぎない。その兵力や、重ねての志織の襲撃の動機も不明である。しかも、敵は目的を達成していない。目的を達するまで襲撃をつづけるであろう。

まさかイベント代行人がクライアントの危険まで肩代わり（代行）するとはおもってもみなかった。

だが、代行人はクライアントに違法性がない限り、クライアントの安全を護る責任もある。

動機の鏡像

降矢は熱海社員旅行での志織再襲撃事件を岡野に告げた。

「やっぱり来たな」

岡野は予測していたようにうなずいた。

「刺客は正命教から派遣されたとおもうかい」

降矢は岡野の意見を問うた。

「十中八九。あんたが確認した鉄砲玉（刺客）は二人か」

「二人は確認したが、まだ隠れていたかもしれない」

「旅行先で待ち伏せしていたからには、かなり計画的だな。敵が正命教であれば、至るところに信者がいるから、的《ターゲット》の行動パターンも調べ上げているだろう」

「おれの行動パターンや素性も調べているはずだ」

「熱海であんたが陰供をしていることに気がついたんだろう。熱海までは気づいていなかった。だから、ホテル館内から拉致しようとしたんだ」

「正命教が刺客の派遣主であるなら、志織さんは彼らの重大な脅威になっているんだな」

「やはり、彼女は無意識のうちに正命教の重大な弱みを握っているのだろう。あるいは……」

岡野が宙を探るような目をした。

「あるいは、なんだい」

「あるいは志織さんに脅威をおぼえている人物が、正命教に依頼した可能性も考えられる」

「なるほど。とすれば、その人物は正命教にかなりの影響力をもっているということになるね」

「そうだよ」

「正命教に影響力をもつ人間といえば……」

二人は顔を見合わせて、

「加倉井一進」

と同時に言った。

島崎賢一と正命教の接点となった飼い猫の茶釜（ゴルフ）の実家が加倉井家である。加倉井一進が依頼人であれば、正命教は目的を達するまで何度でも刺客を派遣するであろう。

つまり、志織は正命教の直接の脅威ではなく、加倉井一進の脅威であった……。

ぶつ切りになっていた線がようやく一本につながろうとしている。

加倉井一進はもともときな臭い要路にある政治家である。いまはバカラ賭博の一件で自粛しているが、それは見せかけであり、政権への野望を捨てたわけではない。むしろ、人の噂も七十五日と、政権ボールを追って着々と勢力を扶植している。

その矢先に、志織に致命的な弱みを握られたとすれば、それをなんとしても取り除こうとするであろう。野望を妨げる重大な脅威を取り除く代行人《エージェント》として、彼の周囲に正命教に勝る者はいない。

加倉井一進と正命教は、前者の大票田、資金源として、後者にとっては政治特権の庇護を受けて、共存共栄路線を歩んで来た。正命教は加倉井の依頼に応えて、その脅威を取り除き、政権の座に押し上げて、リモートコントロールしようという魂胆であろう。

だが、志織は加倉井一進、および息子の弘文にはなんの心当たりもないという。

それは志織が意識していないだけであり、加倉井が一方的に認識している脅威であるかもしれない。

「あんたも身辺に注意したほうがいいよ。ターゲットに屈強な陰供がついていると知った鉄砲玉は、次はあんたを狙うかもしれない。鉄砲玉はあんたの手並みを知った。目的を果たす一歩手前であんたに阻止され、鉄砲玉としての面目を失ったはずだ。次は志織さんに手を出す前に、あんたに仕掛けて来るかもしれないよ」

「十分注意しよう。やつらの仕掛けを逆手に取って、有無をいわせぬ証拠を押さえられるかもしれない」

降矢は武者震《むしゃぶる》いをおぼえた。自衛隊のレーンジャー時代の憲法九条に抑圧された闘争心がよみがえってきたようである。

絶対に戦争はできない、敵兵を殺せない特殊部隊員にとって、有事に備えて磨いた特殊能力も、憲法九条の前では、玩具《おもちゃ》の鉄砲や竹光《たけみつ》同然である。

だが、先手を打って仕掛けた敵に対する限度を超えない反撃は正当防衛になる。岡野の忠告は降矢の心身に休眠していた野性を呼び覚ましたようであった。

熱海の襲撃以後、降矢の胸の内に次第に違和感となって容積を増してきた気がかりがあった。

それは亡き妻・瑠璃と志織が一卵性ツインのようにそっくりであることである。初めて志織に会ったとき、瑠璃が生き返ってきたかのようにおもった。他人の空似と知って納得したが、その後また気になってきた。

瑠璃と志織が生き写しであることは、降矢が志織と賢一の結婚セレモニーの代行を請け負ってから、単なる偶然ではないというおもいが濃くなってきていた。だが、志織と瑠璃の間にはなんの血縁関係もない。まったくの赤の他人である。

だれでもこの世にそっくりさんが三人はいるという。そっくりは偶然に発生しても、二人がそっくりであったことに、一連の事件の発端があったのではないのか。

意識のうちに頭をもたげてきている違和感を凝視していた降矢は、ふと、ある可能性におもい当たって、はっとした。

島崎賢一と初めて顔を合わせたとき、驚いた顔をして、以前、どこかで志織に会ったような気がしたが人ちがいだったと言ったと志織が漏らしたことをおもいだした。賢一は志織に会ったとき、既視感《テジャヤビュ》をおぼえたらしい。

もしかしたら、瑠璃は生き写しの志織とまちがえられて殺されたのかもしれない。犯人は瑠璃殺害後、人ちがいであったことに気づいて志織を襲って来たのではないのか。標的をまちがえるとはそそっかしいが、夫すら見分けられないほどであるから犯人がまちがえる可能性は十分にある。

たとえ真のターゲットの素性を調べていたとしても、待ち伏せしていた犯人の前に瑠璃が偶然に志織より一足先に現われたとすれば、誤殺もあり得る。

あるいは犯人が志織に弱みを握られたと認識した後、瑠璃が犯人の視野に登場して襲われたとも考えられる。

賢一は加倉井弘文を介して正命教と間接的な関わりをもっている。賢一の周辺に犯人がいて、瑠璃と接触するような機会があれば、彼女を志織と見まちがえたかもしれない。瑠璃は殺害される前に、だれかに監視されているような気がすると言っていた。犯人が志織とまちがえて瑠璃を監視していたのかもしれない。

降矢はここまで自分の思案を追ったとき、志織が老女殺害事件発生前に被害者の家の近くで挙動不審の自転車男を見かけたと語ったことをおもいだした。

降矢を訪問して来た棟居と所轄署の大城刑事も、一連の連続老女襲撃事件の捜査本部に参加していると言っていた。

瑠璃が殺されたのは老女殺害以前であるが、もしかして、瑠璃はその一連の事件に関わっていなかったか。これまで志織と連続老女襲撃事件の接点の有無のみに注目しており、瑠璃と老女の事件は切り離していた。もし瑠璃が生前、被害老女たちとなんらかの関わりをもっていれば、降矢の推測は可能性を濃くしてくる。

降矢は改めて生前の瑠璃と、連続老女襲撃事件の被害者・北沢うめ以下、被害老女との関わりの有無を調べてみた。

瑠璃殺害事件は、所轄署に捜査本部が設置された。瑠璃の遺品類は捜査資料として悉《ことごと》く捜査本部に領置されたが、それらの中には犯人とのつながりを示すようなものは発見されなかった。

事件は迷宮入りして、捜査本部は事実上解散し、所轄署でほそぼそと名目のみの継続捜査がつづけられているという。捜査のプロが調べても犯人につながる手がかりが発見されなかったのであるから、事件以後、かなりのタイムラグをおいて素人の降矢が調べても、手がかりが残されているはずはない。

連続老女襲撃事件が頻発したのは、約二年前からであった。その間瑠璃、北沢うめと殺害されたのである。最後に大庭くのが襲われたが、未遂に終わった後、犯行はぷつりと絶えた。

捜査本部は瑠璃と連続老女襲撃事件を無関係と見て、捜査のアプローチをしなかった。両事件の発生現場が離れていた上に、犯行手口のちがいと、瑠璃と老女たちの生活圏がまったく異なっていたので、それぞれ独立の別件と見ていたようである。

降矢自身も、連続老女襲撃事件は報道で知っていたが、瑠璃の被害とはまったく切り離していた。その当時は、末広志織の存在も知らず、島崎賢一の失踪と志織の襲撃も起きていなかった。瑠璃、志織、賢一の事件の時空のギャップになにか残されているかもしれない。

降矢は自分の思案を岡野に伝えた。

「鋭い着想だよ。おれもあんたの奥さんと連続ばあさん強盗事件とのつながりは視野に入れていなかった」

岡野は新しい風景を見たような顔をして、うなずいた。

「警察にも伝えるべきかな」

「奥さんの事件の捜査本部は解散している。いまさら所轄の〝継続〟に言ったところで相手にされまい。棟居刑事に伝えたほうが手っ取り早いよ。棟居さんはもう気づいているかもしれないな」

「おれもそんな気がする。彼がおれを訪ねて来たとき、女房の事件は話題にしなかったが、おれが一連の事件や関係人物が同じ靄の中で烟っているような気がすると言ったときの反応に、いまにしておもえば、そんな気配があったような気がする」

「そのときは、あんた、まだ奥さんの事件との関連性の有無は考えていなかったんだろう」

「潜在意識の中で烟っていたかもしれない」

「つまり、同じ靄の中でねえ」

岡野の目が宙を探りながら、

「一度、奥さんに生き写しという末広志織に会ってみたいな」

と言った。

「あれ、まだ会ってなかったっけ」

「会ってないよ」

「おれはとうに会っているとおもっていた。とりあえず写真がある」

降矢は結婚披露宴で代役を務めたときの写真数枚を差し出した。

「なるほど。これでは犯人がまちがえるかもしれないな」

岡野は一目見るなり言った。

「その後、志織さんを再度にわたって襲ったということは、誤殺に気がついたわけだな」

「当然だよ。報道で人ちがいと知って、本来のターゲットに鋒先《ほこさき》を向けてきたんだ」

「犯人は誤殺した女の亭主が、本来の的の護衛をしていることを知っているだろうか」

「知っているとおもうよ」

「あんたはすでに敵に姿を見せている。結婚披露宴の代役写真も見ているはずだ」

「おれが志織さんの護衛をしていることを、死んだ瑠璃の復讐のためとおもっているかな」

「そうだな。そういう考え方もある。犯人はただの代役や護衛ではないとおもうかもしれない」

「おれもその気になってきたよ。当初はビジネスとしての代役だったが、女房の仇を討ちたい」

「奥さんを愛していたんだな。末広志織を、奥さんがよみがえってきたようにおもっているんじゃないのか」

岡野は降矢の心を読むように言った。

「女房そっくりだが、女房ではない。だから仇を討ってやりたい」

降矢の意識に靄っていた一連の事件の中で、瑠璃の復讐が輪郭を明らかにしてきた。

岡野は早速調査に取りかかると約束してくれた。

降矢自身にも、これまで見落としていた心当たりがあった。降矢は瑠璃が生前勤めていた職場を訪ねて行った。瑠璃は会館のロビーマネージャーとして多数の客に接している。その中に被害老女がいたかもしれない。

妻の元職場は、降矢に好意的であった。本来ならば、客の情報は外部に漏らさないものであるが、会館側は降矢を外部の者とは見なさなかった。残業で遅くなって帰宅途上殺された瑠璃を、職場は殉職と見ている。降矢の頼みに全面的に協力してくれた。

瑠璃は団体客を担当していた。会館の団体客は大きく分けると商用、家事（主として冠婚葬祭）、会議《コンベンション》、娯楽、政治に大別される。

その中で降矢が注目したのは、家事、特に祝い事の集まりである。

「貴館でこの二、三年の間にお引き受けした長寿のお祝いの中に、この六名の方はいらっしゃいませんでしたか」

降矢は報道された連続老女襲撃事件の六名の被害者リストを差し出した。

「少々お待ちくださいませ」

担当者は早速調べてくれた。会館が接遇した団体各種集会の記録はコンピューターに保存《ファイル》されているようである。

待つほどもなく、担当者が引き返して来て、

「ございました。大庭くの様、××年四月×日古希のお祝いを当館で承っております。奥様が担当されています」

プリントアウトされた紙面には、大庭くのの古希の祝いの主催者、予算、料理の内容、人数、実施日時、会場名などの詳細が記録されている。

「出席者名は記録されていませんか」

降矢はさらに問うた。

「椅子は用意いたしましたが、自由席にとリクエストされましたので、一人一人のお客様のお名前はいただいておりません」

「司会者がスピーチの指名をするときなど困りませんか」

「司会者はお客様のほうで立てるケースが多いのですが、大庭様は奥様が司会をされていますね。お客様から頼まれて担当者が司会をすることもございます。ここに司会担当と記入してございます」

「すると、家内が来賓の名前を把握していたということですか」

「スピーチをされるお客様のお名前だけは、奥様が聞いておられたとおもいます。でも、個人情報でございますので、来賓のお名前は記録いたしません」

　会館から得た情報は以上であった。

　出席者名を確認できなかったのは不満であったが、老人の長寿祝いであるから、おそらく親族が集まったのであろう。人数も四十三名と記録されているので、主催者に聞けばわかるかもしれない。

　会館からの帰途、降矢は大庭くのの古希の祝い席で、瑠璃と犯人が顔を合わせた可能性を考えていた。とすると、出席者は親族が主体ということであるから、犯人は大庭くのの親族かもしれない。

犯人は目出帽を被っていたので、くのもその素性を見破れなかったのであろう。あるいは親族以外の人間である可能性もある。また、くのの長寿祝いに出席しなかった者でも、当日、瑠璃と顔を合わせる機会はあったであろう。例えば会場に料理を運んだ賄いの者や派遣の者もはずせない。

いずれにしても、大庭くのの会を接点にして、瑠璃と犯人とは顔を合わせたかもしれない。

犯人のみ一方的に認識していて、北沢うめ殺害少し前、現場近くで顔を合わせた志織を瑠璃と誤信した。そのとき犯人は瑠璃の素性を知っていた。

瑠璃と大庭くのは接点があった。この事実は見逃せない。降矢は早速、岡野に伝えた。

「それはいいところに目をつけたな。だが、これ以上は大庭くの関係に踏み込まないほうがいい。あとはおれに任せろ」

と岡野は言った。

「どうしてだ」

「犯人が大庭くのの親族であれば、彼女が犯人の素性を見破りながら庇ったとも考えられる。そんなところにあんたがのこのこ出て行けば、犯人に筒抜けになるぞ。犯人はあんたが大庭くのに目をつけたことに、さらに脅威をおぼえて襲撃して来るかもしれない。この際、犯人をさらに刺激するような行動は避けたほうがいい。ばあさん関係はおれに任せろ」

岡野は言った。

たしかに自ら危険を招くようなことは避けたほうがよい。降矢の危険は即志織の危険につながるのである。

「警察のほうはどうする」

「おれから一応、棟居さんに伝えておく。彼はすでにあんたの奥さんの事件を視野に入れているかもしれない。とすると、あんたも警察にとってマークの対象になるぞ」

「マークの対象……なぜだ」

「あんた自身の口から言ったろう。奥さんの仇を討ちたいと……。犯人、または加倉井や正命教と事を構える可能性があるとして警戒するかもしれないよ」

「おれは被害者の護衛だよ」

「被害者が加害者になるケースもあるからね」

岡野の言葉は降矢の胸に波紋を描いた。もしかすると、岡野は降矢の心身によみがえった野性を察知して牽制しているのではないのか。

岡野は自由な民間人であるが、公安の尾を引きずっている。岡野は降矢の自衛隊レーンジャーとして蓄積した、使用できない戦闘能力の爆発を恐れているのではないのか。不気味な宗教集団から派遣された疑いのある刺客は、降矢の体内に眠る能力を発揮する恰好の標的であると予感したのではないのか。

降矢にとって岡野の牽制は、むしろ逆効果になった形である。岡野に牽制されて、降矢は自分の心身に閉じ込められていた危険な能力が外へ出たがって蠢《うごめ》いている気配を感知した。

棟居は岡野種男から伝えられた情報を重視した。

降矢の亡妻が末広志織と瓜二つであったという情報は、彼に衝撃をあたえた。棟居は瑠璃殺害事件の捜査には参加しなかったが、大庭くのと瑠璃の間に接点があったことは見逃していた。というよりは、視野の外にあった。

これが北沢うめとの接点であれば見逃さなかったはずであるが、犯行が未遂に終わった被害者と担当外の殺害《コロシ》事件の接点については、初めから捜査のアプローチをしていない。瑠璃と接点をもった大庭くのの身辺に、一連の事件の犯人が潜んでいる可能性はある。

棟居は体の芯から静かに盛り上がってくるものをおぼえた。

降矢に、猫の一件について事情を聴くために初めて面会したとき、一種の予感のようなものをおぼえた。それは降矢から、一連の事件と関係人物が同じ靄の中で烟っているという言葉を聞いたときである。その同じ靄の中に、降矢の亡妻・瑠璃がいたのだ。そのときは気がつかなかったが、殺害された妻が降矢の行動の源になっていたのであろう。降矢の行動エネルギーの源が棟居の予感を促したのかもしれない。

降矢から目を離せぬ、と棟居はおもった。

捜査本部は棟居の提議に消極的であった。

「降矢瑠璃の殺しと本件を結びつけるのは早計ではないのか。降矢瑠璃が大庭くのの古希の祝いを担当したというだけでは、接点としては弱い。ましてや、降矢瑠璃は北沢殺しの前に殺害されている。本件との関連性が証明されていない島崎賢一の失踪や、その細君の襲撃事件と結びつけるのはあまりにも短絡的である。要するに、失踪者の飼い猫が大庭くのの家の近くをうろついていたというだけではないか」

早速、反論が出た。棟居が予想していた通りの反論である。

「たしかに両者や、正確には降矢瑠璃殺害、末広志織の襲撃、島崎賢一の失踪、そして猫がいた近くで目撃された正命教の四者を結ぶ接点としては弱いとおもいます。

しかし、連続老女襲撃事件は大庭くの襲撃未遂後、ぷつりと止みました。このことがどうも正命教と関わっているような気がします」

「北沢うめが殺害された後、犯行が絶えたわけではない。大庭くの襲撃後一連の犯行が絶えたのだ。こんなことで正命教や加倉井一進氏とは結びつけられない」

「接点としてはまだ薄弱ですが、狙っていた本命とそっくりの被害者を誤殺した可能性は十分に考えられます。末広志織が北沢うめの自宅近くで挙動不審者を見かけた後、うめが殺害され、そして大庭くのの古希祝いの後に、降矢瑠璃が殺害された事実は無関係として見過ごせないとおもいます。大庭くのの古希の祝いの出席者を無視できません。彼らの中に犯人が潜んでいる可能性はあります。あらゆる可能性を検討すべきではありませんか」

棟居は指摘された接点の弱さにめげず、強く主張した。

「接点としてはたしかに弱いが、そっくりさんの誤殺ということは検討に値するとおもう。大庭くのの古希の祝いの出席者は四十三名だ。大した数ではない。まず出席者を親族からしらみ潰しにあたってみよう」

現場のキャップの那須《なす》警部が結論を出した。

その後、警戒を強めていたが、襲撃の気配はなかった。犯人側も慎重になっているらしい。だが、降矢には彼らの見えない視線が感じられた。

彼らは志織と、彼女を護衛する降矢を常に緊張状態に置いて、疲労するのを待っている。人間はいつ襲って来るかわからない敵に対して、常に緊張をつづけているわけにはいかない。襲う側は都合のよい時と場所を選んで襲える。彼我《ひが》対等の条件ではない。

だが、降矢は次の襲撃をチャンスとして待ち構えていた。姿を見せて志織を護衛する降矢に、へたに手を出しかねている敵の気配を感じ取った。

レーンジャーの中でも最精鋭と折紙をつけられ、惜しまれて自衛隊を去った降矢は、その後、スタントマンとして磨き上げた運動神経と自衛本能を加えて、獲物が現われるのを待っているハンターのような心境になっている。

志織も降矢に絶対の信頼をおいている。ボディガードと警護対象者《クライアント》の間には全幅の信頼関係がなければ、万全の警護はできない。その点、結婚式で〝夫〟の代行を務めた降矢と〝新婦〟志織の関係は、護る者、護られる者として理想的であった。

降矢は志織の自宅の近所のアパートに居を移し、いつでも駆けつけられる態勢にした。

また、志織はGPS付きの携帯を持ち、自宅は警備会社と契約して警備設備《セキュリティ》を強化している。通勤の往復には必ず降矢がエスコートする。社用での外出時も、可能な限り降矢が同行し、そうでないときは降矢のスタッフがエスコートする。警備の費用は会社が負担してくれた。

万全の警護態勢に手を出せないのか、襲撃者の気配はなかった。

だが、降矢の自衛本能が、凝っと機会をうかがっている襲撃者の視線を感じていた。その視線が次第に険しくなっている。襲撃者は焦ってきているようである。ターゲットの疲労を待っているはずの襲撃者が、次第にいらだってきているようである。攻守が次第にところを変える気配を、レーンジャーで磨いた感覚が感じ取っている。

それこそハンターが仕掛けた罠《わな》である。獲物が罠に近づいて来る気配を手ぐすねひいて待ち構えている。降矢はそんな心境であった。

その時期、岡野が中間報告に来た。

「棟居さんはあんたの着想を捜査本部に提議して、大庭くのの長寿祝いの出席者をしらみ潰しに当たったようだよ。だが、該当者がなく、会館の社員や派遣に捜査の網を広げているらしい。いずれなんらかの結果が出るとおもうが、奥さんの事件とばあさん殺しを関連性ありと疑い始めたようだ」

と岡野は言った。

「ということは、志織さんの襲撃事件や、島崎氏の失踪とも結びつけているということだな」

「そういうことだ。つまり、あんたの言う同じ靄の中だ」

「加倉井一進や正命教も同じ靄の中と見ているのかい」

「捜査本部は慎重な姿勢だが、少なくとも棟居刑事はそうにらんでいるな」

「あの刑事は怖い」

「ほう、降矢《フル》ちゃんにも怖いものがあるのかい」

岡野が大仰に驚いたような顔をした。

「怖いよ。志織さんが挙動不審者を見たのは、ばあさんが殺される前だから、もし志織さんに脅威をおぼえていれば、なぜ犯行を中止しなかったかと問われたときは、答えに詰まったよ。苦し紛れに同じ靄の中と答えたのが、どうも棟居刑事には、おれ自身が同じ靄の中にいるように見えたらしい。怖いね」

「同じ靄にはちがいなかろう」

「同じ靄でも立場がちがう。だが、今後の行動次第によっては同じ立場と見られるかもしれない。あの刑事には追われたくないな」

「まあ、レーンジャーとスタントの尻尾は出さないようにしたほうが無難だろう」

岡野は忠告した。

再度の襲撃を狩人のように待ち伏せしている降矢は、レーンジャーそのものである。軍の規制から離れたレーンジャーは、一人よく多数を制する破壊力を秘めた危険な一匹狼である。棟居には違法性を帯びた凶器に見えるかもしれない。

降矢はまだ一度も使ったことのない破壊力を実用したくてうずうずしている。武士が新刀の試し斬りをするような心理であろう。

邪教《カルト》の条件

この時期に志織から一片の情報がもたらされた。

今年度、新入社員の研修会が蓼科《たてしな》高原にある会社の社員寮で三泊四日にわたって行われ、志織も講師として参加するようにと上司から命じられたという。

蓼科高原の社員寮はホテルや別荘村から離れた、登山者や観光客も入り込まない閑静な一隅にある。

不吉な予感をおぼえた降矢は、

「辞退はできませんか」

と問うた。

「社命ですから」

「しかし、危険です。人里離れた山奥の寮となれば、彼らにとって襲撃に理想的な環境です。多少のドンパチをやっても、〝下界〟には届かない」

「降矢さんがエスコートしてくだされば心配ないわ」

志織自身が参加したがっている様子である。

「私はオールマイティではありません。敵には組織力があるようです。私一人では手に負えなくなるかもしれない」

「降矢さんにも頼もしいスタッフがいるじゃないの」

志織は少しも動じない。事実、代行業《エージェント》が軌道に乗ってくるに従って、降矢一人の手に余るようになり、スタントの仲間や、自衛隊のレーンジャーのOBにも声をかけて手伝ってもらっている。降矢の仕事の成功を聞いた以前の仲間が、彼を慕って集まって来ていた。

降矢自身が動けぬときは、彼らに志織の護衛を任せていることもある。

志織の言葉が触媒となって、降矢の意識に閃光が走った。これまで降矢は志織の護衛を代行業の内として見ていなかった。亡き妻を護り通せなかった償いを、瑠璃の再来のような志織を護ることによって果たそうとしている。

警護料は志織の会社が出してくれているが、ほとんど実費しかもらっていない。終日、しかも連日警護となれば、個人に支払える金額ではなくなる。

襲撃者が組織であれば、個人では対応はできない。だが、降矢はいまスタッフを擁《よう》している。ただのスタッフではない。特にレーンジャー時代の仲間は、まさに一騎当千である。彼らに武器を持たせれば、一人で数千を制する力をもっている。彼らも自分の内に蓄えた凶暴な力を使いたくてうずうずしているのである。

尋常ではない訓練に耐えて蓄えた彼らの戦力（暴力）は、憲法九条の枷《かせ》を嵌められて、宝（？）の持ち腐れとなっている。

自衛隊から離れて野《や》に下った彼らは、違法な暴力に対して正当防衛の大義名分のもとに、持ち腐れになっていた宝の本領を発揮することができる。

レーンジャーは超常の訓練に耐えて磨き上げた宝刀を、決して使うことができない矛盾と欲求不満を抱えている。離隊しても、彼らの欲求不満が解消するわけではない。むしろ、自衛隊という暴力装置の外に出て、ますますストレスが溜まっているはずである。

彼らは、自由の野に放たれた猛獣のように危険な存在になっているかもしれない。事実、降矢自身がホテルで志織を襲った刺客を返り討ちにしたとき、自分の中に潜んでいた危険性に気がついたのである。

彼らスタッフを引き連れて研修会の期間中、志織の護衛に当たれば、凶悪な刺客集団が襲って来たとしても十分に対応できるであろう。降矢は自分にその力があることに気がついた。

いまや降矢の事務所には、十数人のスタッフが働いている。暴力とは縁がなさそうなイベント関係の代行《エージエント》が主体であるが、イベントに暴力団が関わることも少なくなく、レーンジャー出身の経歴《キヤリア》は無言の圧力となっている。

降矢は研修会に備えて四人のスタッフを選んだ。レーンジャー出身者が蕗谷英介《ふきやえいすけ》、柘植《つげ》寛《ひろし》、鵜飼重人《うかいしげと》、そしてスタント出身の佐枝義章《さえよしあき》である。

蕗谷はレーンジャーかつ一発必中のスナイパーであった。現役時代、オリンピックへの出場も噂されたが、なぜか本人にその気がなかった。

柘植は遠祖が伊賀の忍者で、その遺伝形質か、抜群の視力、聴力、嗅覚をもっている。また実戦を想定した行動訓練では山地潜入、生存期日、食料制限、睡眠制限など各科目で圧倒的な強みを発揮した。想像を絶するような過酷な訓練も柘植は鼻唄交じりでこなした。

鵜飼は生家が代々神官で、流鏑馬《やぶさめ》の名手である。また棒術の達人である。

佐枝は柔・剣道、空手合わせて二十余段の格闘技の天才である。体を使うボディスタントのみならず、空手やボクシング、また刀槍を絡めた殺陣《たて》演出や、カースタントまで、あらゆるスタントをこなした。その鋭敏な反射神経や空間感覚は天才的であった。最近、CGが発達してマウス操作で超能力的なスタントを代替されるようになった現実に、スタントの将来に見切りをつけたという。

降矢はこの四人を伴えば、どんな強力な刺客集団が襲って来ようとはね返せる自信を持った。

降矢が選抜した四人のスタッフに、研修会での代行《エスコート》の真意を告げた。

「つまり、研修会に参加する末広志織さんを狙っている者がいるということですか」

蕗谷が問うた。

「そうだ。末広さんはすでに二度、襲撃を受けている。最初は彼女が危険を察知して躱し、二度目は私がエスコートしていてはね返した。人里離れた場所での研修会は、再三の襲撃に絶好の環境だ」

「襲撃者の素性と、その目的はわかっているのですか」

つづいて柘植が問うた。

「まだ確認はされていない。私の調査による個人的な推測だが、万全の警護をするために諸君が必要になった」

降矢は結婚式の代行から始まった島崎賢一の失踪以後、一連の経緯をスタッフに伝えて、

「まだ憶測にすぎないので各自の胸に畳んでおいてほしい」

とつけ加えた。

四人のスタッフは、すでに島崎賢一の失踪については知っていたが、それが加倉井や正命教にまで連なっている疑惑については初耳であった。

降矢は、この時点では連続老女襲撃事件との関連、および瑠璃の誤殺疑惑については黙っていた。瓜二つの誤殺という仮説は初めて聞く者には突飛な発想である。いずれ話すべ

き時期がきたら話すつもりであった。

「推測としても、すでに二回襲って来た事実は、かなり現実味がありますね。刺客の派遣主が正命教とあれば、相手にとって不足はありません。それ以上に、自分から志願したいくらいです」

佐枝が武者震いするように言った。

「現実味があるということは、それだけ警護陣の危険も高いということだよ」

降矢は改めて一同を見まわした。

「危険性が高いからこそ、我々にお呼びがかかったんでしょう」

鵜飼がにやりと笑った。

降矢が予想した通り、彼らはこの警護プロジェクトを喜んでいる。これまでのイベント代行と異なり、休眠させていた危険な能力の実用機会の到来を喜んでいる。頼もしいスタッフであるが、同時に危険な仲間でもある。

「甘く見てはいけない。これまでのイベント代行とは性格がちがう。第一、襲撃者の正体や、その実力のほども、目的も確かめられていない。そしてもう一つ、重大な制約がある」

「重大な制約とはなんですか」

蕗谷が代表して問うた。

「これまで二度にわたって襲って来た手口を見ても、相手には明確な殺意がある。二度しくじったので、今度は本気で仕掛けて来るだろう。飛び道具を使うかもしれない。だが、我々はあくまでも専守防衛であり、当方から反撃をしてはならない」

「なんだか隊のようですが、それは相手をやらなければ当方がやられるという場面でも、専守防衛ということですか」

柘植が問うた。

「その通りだ」

「それは敵が殺すつもりで仕掛けて来ても殺すなということですか」

鵜飼が不満そうに確かめた。

「そうだよ」

「正当防衛でも敵を殺してはいけないということですね」

佐枝が鵜飼の質問をフォローした。

「正当防衛は証明するのに手間がかかる。過剰防衛になるかもしれない。相手は殺し屋でも、当方は殺し屋ではない。当方の目的は末広さんの安全の確保であって、敵を殺すのは目的ではない。そのことを忘れないように」

「それでは、真剣に対して竹刀《しない》や木刀で戦うようなものです。完全な護衛はできません」

蕗谷が不満を表わした。

スナイパー同士の対決は速いほうが勝つ。スナイパーの彼にしてみれば、最初から敵に芝居を取らせる（優位に立たせる）ようなものであろう。せっかく有事に備えて研《と》いできた牙を用いてはならないとブレーキをかけられて不満のようである。

「専守防衛とはそういうことだよ。とにかく私がゴーサインを出すまでは勝手な行動をしてはいけない」

降矢は強く言い渡した。

警護対象は志織であるが、スタッフたちも危険にさらされる。勝手な行動は対象者一人だけではなく、全員を危険に陥れるのである。

まだ第三次襲撃の気配はない。襲撃に対する備えの段階であるのに、すでに臨戦状態の反応を示しているスタッフたちに、降矢は頼もしさをおぼえると同時に、彼らの心身に蓄えられたストレスの高さを実感した。

刺客に対面したとき、そのストレスがどんな暴発を誘うか、降矢自身、スタッフを牽制しながらも、いざという局面に向かい合って自制できるかどうか自信がない。むしろ、彼のストレスは妻を殺された報復が加わっているので、スタッフよりも高いというべきである。

降矢はスタッフを制止することによって、自制していた。

熱海の襲撃事件を契機として、志織の会社が降矢に社の警備《セキュリティ》を依頼してきた。会社にとってタイミングよく、あるいは悪くというべきか、社員旅行の後、被害はさしたることはなかったが、社屋に泥棒が侵入した。社員旅行からつづいた事件に、会社は警備の必要性を感じて、降矢に依頼したのである。

会社としては警備対象を志織一人に限定したわけではなく、社全体の警備を依頼した意識であったが、降矢は会社の依頼を志織の重点警護にも転用した。

降矢は研修会における護衛陣を目立つようにした。屈強なボディガードの揃い踏みに、敵は恐れをなしてしまうかもしれない。そのまま再三の襲撃をあきらめてくれれば、労せずして護衛の目的は果たせる。それが最も理想的であるが、果たして敵が護衛陣に恐れをなして尻尾を巻いて引き下がるであろうか。

瑠璃を殺し、志織を執拗に襲撃して来たところを見ても、彼らは目的を達するまでは引き下がらないであろう。それほど重大な脅威を放置して、代行屋の護衛の威圧に屈するものであろうか。

そんなはずはない。無事に研修会が終われば、それに越したことはないはずであるが、降矢は彼らとの正面対決を望んでいる。

研修期日が迫っていた。参加人数は講師を含めて新入社員、関係者、そして降矢ら護衛陣スタッフを加えて約百三十名。三台のバスに分乗して、研修地蓼科高原に向かう。三台のバスを連ねた一行中の志織を、まさか移動途上において狙うとはおもえない。

人里離れた研修地は襲撃には絶好の環境である。襲撃側も熱海の失敗を教訓として、必殺の構えをとってくるであろう。それも派手なドンパチで来るか、あるいは少数精鋭の刺客が潜行して来るかわからない。両面作戦で来る可能性もある。

一方、果たして彼らは来るのかという懐疑もある。法治国日本の国内で教団そのものの破綻につながるような暴挙に走るものであろうか。襲撃者が志織に致命的な弱みを握られているとしても、刺客を派遣して脅威を取り除こうとすること自体が致命的な破綻を招きかねない。

再度の襲撃に、羹《あつもの》に懲りて膾《なます》を吹く類いの取り越し苦労をしているのではないのかという危惧もある。

だが、大量殺人に走った新興宗教の前例もある。胡散《うさん》臭い大物政治家と結びついた巨大新興宗教自体が、自らを法として脅威の除去を正当化するかもしれない。

降矢は、さらに代行業の人脈、および岡野の協力を得て、正命教の情報を集めた。

情報と資料が集まるにつれて、正命教の驚くべき裏の顔が輪郭を明らかにしてきた。

信者数八十万を公称しているが、実数はすでに百万を突破している巨大教団に成長していることがわかった。

教勢を誇示《こじ》するために信者数を水増しするのが普通であるが、正命教は逆である。これは急速な教勢拡大によって警戒されるのを防ぐためとおもわれる。正規に入信した信者に加えて、隠れ信者もかなりいる模様である。

正命教は教団本来の宗教活動（教勢拡大活動）に加えて、音楽、美術、演劇、カルチャースクールなどの各種学校、医療品や化粧品、健康食品、出版、旅行斡旋、不動産、レストランやホテルなどの関連会社を経営している。

レストランやホテルは加倉井一進の経営するホテルチェーンにも一部連なっている。

これらの学校や企業や機関などは、すべて幹部信者が経営しており、利益は教団に吸い上げられる。表看板は教団と無関係の偽装企業《フロント》である。社員には教団のフロントであることを知らない者も多い。

教団の実権は聖命が完全に握っている。内部では創始者一命の高弟数名が、正式な相続声明がないことを盾にして反発しているが、圧倒的なカリスマ性を発揮して、主導権を握った聖命の前に影が薄い。

聖命は「呼気流」を駆使して、信者の信頼を集め、カリスマとしての地位を確立した。聖命は催眠術にも長けている。これを呼気流に応用し、爽やかな弁舌によって信者の心を捉え、自ら高弟たちを指名して絶対服従と忠誠を誓わせ、ナチス・ドイツの親衛隊を模した「神衛陣」を組織した。

また「神網」と称する密告組織を教団内部に張りめぐらし、聖命に批判的な者はすべて排除するような構造にした。

正命教の価値観と規範は、聖命に対するロイヤリティによって測られる構造にしたのである。つまり、聖命の教えに盲目的に従い、忠誠を誓っていれば安心立命が得られる。思想の自由は一切認められない……というより、思想の自由を信者自らの意思で放棄するようなシステムになっている。

自由の飽食に疲れきった人間にとって、これほど楽なことはない。仕事や人間関係のストレス、構造的な不況や失業、生活苦、将来への絶望や不安、混迷する政治、続発する犯罪や災害、病気、公害、人間を取り巻く負の問題を自分一人で解かなければならない圧力から、ただ一人のカリスマを信ずることによって解放されるのであるから、信者にとっては救いである。

リーダーに絶対服従し、忠誠を誓っている限り、厚い庇護を受けられる。庇護されているとおもい込まされる。マインドコントロールである。

聖命により精神支配された者にとって、教団内部にのみ平和と幸福があり、外界はすべて悪に満たされ、自由は天敵なのである。


「正命教はいまや宗教団体ではなく、カルトだな」

岡野が言った。

「カルト……？」

「つまり、邪教だよ」

「邪教というと、インチキ教祖にマインドコントロールされた社会的な盲信集団ということか」

「まあ、そんなようなものだが、カリスマ教祖を中心にした危険性の極めて高い疑似宗教団体といってよいだろう。教主聖命は人間ではなく、現人神《あらひとがみ》として崇められている。聖命の言葉は神託として絶対の権威をもっている」

「戦中・戦前の天皇のようだな」

「いや、天皇は軍部が現人神として利用したが、聖命は自分から集団催眠術を駆使して信者に信じ込ませている。聖命は自らを神とした国家をこの地上に築こうとしている。正義の基準はすべて自分にあり、これに反する者はすべて邪悪で、不正なんだよ。だから、彼の意思によって行うことはすべて正義であり、彼の意思を実行する者はそれを正義の実現として少しも疑わない」

「正命教がカルトだという証拠をつかんだのかい」

「正命教はいま発展途上にある。まだカルトとしての特徴、信者の自由意思の抑圧や、信者の勧誘、寄進、献金、私財の献納のノルマ、講演や折伏《しやくぶく》活動などは巧妙にカムフラージュされている。信者数を実数よりも少なく見せかける逆サバを読んでいるだろう。あれも巧妙なカムフラージュだよ」

「カムフラージュをどうやって見破ったんだ」

「聖命以下、高弟たちの暮らしぶりだ。聖命は師聖、彼に次いで師尊、師教と呼ばれる高弟が五十人ほどいるが、いずれも豪勢な邸宅に住み、運転手付きの高級車を乗りまわしている。高弟中十人は女性だが、そのほとんどが聖命と関係している。そのうち三人の女高弟は聖命との間に子をもうけているよ」

「よくそんなことまでわかったな」

降矢は改めて岡野の調査力に舌を巻いた。

「正命教の創始者一命の高弟たちから聞き出したんだよ。すでに一命は老衰して力がない。養子の聖命に教団を壟断《ろうだん》されても、なにも言えなくなっている。一命の旗本高弟たちは出る番がなくなった。これが面白かろうはずがない」

「なるほど。先代の遺臣とは、さすがにいいところに目をつけたな」

「権力というものは常に前権力の勢力を刈り取るところから始まる。だが、刈り取られた連中は恨みを蓄えている。これに勝る情報源はない」

「刈り取られた遺臣団はこれからも使えるな」

「聖命に尾を振ってつなごうとしている要領のいい遺臣もいるがね。聖命にしてみれば、初代の高弟たちは扱いにくい。特に一命と養子縁組をする前に次期教主《ナンバーツウ》の下馬評が高かった山橋《やまはし》は聖命と反目している。一応、師尊の位をあたえられているが、名目だけだよ」

「山橋が情報源か」

「山橋には三人ほど先代の師教がついている。聖命の権勢には及ぶべくもないが、山橋を新教主として分裂する動きもある。聖命は、山橋など取るに足りないという態度を取っているが、うるさい相手であることは確かだ。山橋派は自分たちこそ創始者一命より正命教の真の教義を伝えられた者たちであり、聖命には教義は伝えられておらず、したがって、教義なきカルトにすぎないと主張している。たしかに聖命は大義を標榜するだけで、具体的な教義を明らかにしていない。

すべての教団を通して、教主以下、上層部が豪勢な暮らしをしている教団は、カルトと見なしても大きくははずれない。一般信者から膏血《こうけつ》を絞って豪遊している神は、まず邪神だよ。聖命は宗活（宗教活動）と称して、連夜のように遊び歩いている。もっとも彼にしてみれば、遊びも宗活であろうがね。講演や、イニシエーションと称する秘法の伝授の後など、必ずマークしていた美形の女性信者と二人だけの時間を過ごしたり、花街へ繰り出したりする。教団本部の師聖室の裏には、お楽しみ部屋と呼ばれる秘密の部屋が設けられているという噂だ。お楽しみ部屋は確認されていないが、こういう噂が立つだけでも、聖命のプライベートな発展ぶりが推測できるよ」

「山橋派を突つけば、二度にわたる志織さん襲撃の事情もわかるかもしれないな」

「その点については、山橋派は蚊帳《かや》の外《そと》に置かれているようだよ。だが、山橋派にとっても、志織さんが聖命の脅威となるような絶好の巻き返しの武器になる」

岡野は獲物の臭跡を嗅ぎつけた猟犬のような顔をした。

別件の脅威

研修期日が来た。当日、研修生（新入社員）、講師、関係者約百三十名は三台のバスに分乗して、研修地の蓼科高原に向かった。今日から三泊四日の研修である。

新入社員たちは、研修というよりは社員旅行か、修学旅行気分である。男子社員六十一名、女子社員五十三名、あとは講師やスタッフである。降矢以下五名もスタッフの中に入っている。

新入社員たちは、降矢グループが護衛陣であることも、研修会が襲撃される危険性があることも知らない。もっとも会社側も襲撃の危険については楽観的であり、スタッフも降矢グループが会社のつけた警備《セキユリテイ》であることを知らない。

会社側も熱海の襲撃が志織をターゲットにしていたことに懐疑的である。むしろ、その事件を契機として、会社全体のセキュリティとして降矢に警備を依頼したのである。

降矢が研修中のエスコートを願い出ると、会社側は少し驚いたようであったが、特に異議もなく許した。熱海の社員旅行の前例もあり、研修地で起こるやもしれぬ不測の事態に備えて、降矢が同行してくれれば安心であるとおもったようである。

研修地は蓼科高原の奥、海抜千三百メートルほどの高地草原の一隅である。周囲には森林帯や湖沼が点在し、八ヶ岳から南アルプス、中央アルプス、北アルプス、浅間山など、胸のすくような眺望が開ける。

研修は六月下旬、山開き前で、山や高原は夏の開幕前の静かな時期にあった。山開きと共に観光客や避暑客や登山者が押し寄せて来て、白樺湖《しらかばこ》や北八ヶ岳ロープウェイなどは都会の盛り場並みの雑踏を呈する。

夏のハイシーズンの蓼科は、避暑客や登山者の混雑に紛れて刺客が来る可能性が高い。同時に、ハイシーズンのお祭り気分の中で多少のドンパチを繰り広げてもわかりにくい。その意味では、山開き前の時期は刺客にとって不利であるが、避暑客を巻き込む虞がなくなる。警備陣にとっては大した変わりはない。

それよりも、むしろ護衛対象者の気分が浮ついていることが問題である。

志織は事態をあまり深刻に見ていない。刺客は彼女の隙だらけの姿勢に乗ずるであろう。

「志織さん、くれぐれも身辺に気をつけてください。物見遊山ではありません」

降矢が忠告しても、

「わかっています。この研修は私の仕事ですから。生まれたてほやほやのヒヨコを一人前の戦力になるように特訓するのが私の責任です」

と志織は言った。

「新入社員の中に刺客が紛れ込んでいる可能性もあります。正命教の信者はどこにいるかわかりません。研修生の詳しい身上調査はしていません。研修生だからといって油断をしてはいけませんよ」

「講師が研修生を疑っていては信頼を得られないわ。それに、正命教の信者が必ずしも刺客とは限らないでしょう」

「危険性はあります。私も研修場には同席しますが、志織さんご自身の注意が最も大切です。研修場以外の場所で研修生と個別に会わないようにしてください。もし私室に研修生が質問に来たような場合は、必ず私に連絡してください」

「わかりました」

志織はうなずいたが、どこまで事態の深刻性を認識しているかどうかわからない。

すでに研修開始前から、美人講師の志織は研修生たちに人気があった。護衛対象者が人気者であることは警備陣にとっては警備しにくい条件の一つである。

蓼科研修の警備に際して、降矢は人事部に要請して、研修会に参加する百十四名の新入社員すべての身上書を見せてもらった。当初、人事部は個人情報を盾に降矢の要請を拒否したが、熱海社員旅行での襲撃の後でもあるので、研修会の安全保障のためにもぜひ必要な情報であると強く要請した。

身上書を見る限り、怪しげな者はいない。だが、信教調査まではしていないので、正命教信者がいるかもしれない。また刺客は男とは限らない。女子研修生も油断はできない。警備を日常から非日常の環境に移して、同行者、訪問者、見知らぬ人間、また滞在する施設内外にわたって、その警備はかなり難度が高い。

しかも、スタッフに言い渡したように、当方から攻撃はできない専守防衛の警備である。スタッフの安全も考慮しての警備の責任の重さを、降矢はずしりと全身におぼえていた。

合宿当日、往路、ホテルやレストランや別荘が密集している別荘地帯を通過して、なにごともなく研修地・蓼科高原に着いた。

別荘地帯から少し離れた草原の一隅に占位する研修場から八ヶ岳を指呼《しこ》の間に望み、南北、中央アルプスほか、日本の名だたる山々が揃い踏みしているような大展望に、研修生一同は歓声をあげた。

研修場となった会社の蓼科山荘はホテル並みの設備を擁し、温泉まで引いてある。新入社員は男女に分かれ、一室に二、三人ずつ入る。

起床午前六時、体操、朝礼、朝食の後、午前四時限、午後三時限の著名講師を招いての講演や、先輩社員の講義がある。六、七人一チームの編成で、あたえられた課題の達成を競うレッスンレースと称《よ》ばれるコンテストや、一人五分ずつのスピーチなど盛りだくさんの課業の後は、高原のジョギング、一日を割いて蓼科山登山など、予定表《アイテナラリー》はぎっしりと詰まっている。

午後六時の夕食後、ようやく自由時間とおもいきや、ディスカッションタイムが始まる。提起されたテーマについてイエスとノー、両派に分かれてディスカッションを行う。

午後八時、ようやく解放されて、入浴、消灯の午後十時までがわずかな自由時間となる。まさに軍隊並みの厳しい研修である。

課業から課業へと忙しく走りまわる研修生たちを、警備スタッフは時には教室に、時にはアウトドアの活動に同席、同行して警備していた。一見、研修生と見分けがつかないので、研修生も警備スタッフを新入社員や講師の先輩社員とおもっている。

同行している先輩社員講師は、旅行手配や会場設営の業者と見ている。彼らは、まさかこの研修会が刺客によって狙われているとは夢にもおもっていないようである。

先輩社員として参加している志織は、研修生たちの人気を集めて常に多数の研修生に囲まれている。その中に刺客が紛れ込んでいるかもしれない。降矢は気が気ではなかった。

降矢以下、警備スタッフは姿を現わしている。刺客が研修生の中に紛れていれば、必ずスタッフを意識しているはずである。すでに一度、降矢に撃退されている刺客チームは慎重を期しているであろう。

降矢は神経を研ぎ澄ましていたが、研修生や講師の中に怪しげな気配は感じられない。彼らはハードな特訓にもかかわらず、自然に恵まれた雄大な環境の中で、物見遊山気分で研修を愉しんでいる。

研修第三日目は蓼科登山を行った。山麓から見る限り、すり鉢を伏せたような穏やかな山容であるが、標高二千五百三十メートルの蓼科高原のシンボルの登頂はかなりきつい。

当日は晴れ渡った。登山口の七合目までバスで行き、そこから頂上を目指す。昔、馬に乗って登って来た殿様が、馬から下りて自分の足で登ったという馬返しから登山道はにわかに険しくなる。

急傾斜の樹林帯をただひたすら登りつづけると、やや傾斜が緩んで山小屋の前に出る。ここが将軍平で、眺望が開き、天に一層近づいたように感じる。頂上まであと一踏ん張りである。

登山路はここで三方に分かれる。直進すれば天祥寺原《てんしようじはら》、左手に下れば大河原峠《おおがわらとうげ》、右手が頂上へとつづく。一歩一歩踏みしめるごとに視界が開けていく。高度を上げるに従い、地平に連なる山脈が高くなってくる。都会の歩道しか歩いたことがないような研修生たちは、次第に傾斜が増す登山路に悲鳴をあげながらも頑張っている。

志織は意外に健脚であった。彼女よりも若い新入社員を尻目に、一定の歩度《ペース》を保って登って行く。

「志織さん、ペースが速すぎる。後で疲れが出るといけない。少しペースダウンしなさい」

と降矢が抑えても、そのとき限りで、また速くなってしまう。百人を超える大集団が登山しているので、先頭と後尾が開いてしまう。志織は常にトップグループにいた。

降矢は志織が本隊から離れすぎるのを案じた。考えすぎかもしれないが、今日の蓼科登山は秘匿しているわけではないので、刺客が待ち伏せしようとおもえば可能である。登山中、ばらけた隊列のトップ集団は十人前後である。蕗谷らの強者のスタッフが四名ついているが、多数の刺客に待ち伏せされていれば危ない。

最後の休憩所を登りつめると、突然天が開き、頂上に出た。山頂は小さな岩石が積み重なった丘状を呈し、噴火口の痕がある。頂上には先着した登山者が数人見えたが、殺気は感じられない。刺客が二千五百メートルを超える高峰の頂で待ち伏せしているかもしれないという発想は、ボディガードの早とちりであったかもしれない。

刺客の気配もなく、天に近い山頂の周囲に開いた大展望に、志織は歓声をあげた。地平はるかに富士山をはじめ、中部山岳の名峰が妍《けん》を競っている。

志織は、富士山以外、遠く近く競い立つ山影の名前を知らない。彼女にとっては山名などどうでもよく、空と山がサファイア色に溶接している連峰へ心を飛ばしているようである。トップグループの汗が引くころ、後続部隊が続々と到着して来た。

スタッフは緊張して警護に当たったが、結局、登山中はなにごともなく、一同は無事に山荘に帰着した。その夜は研修最後の夜とあって、入浴後、一同、大食堂に集まり打ち上げ会を開いた。

研修中の酒気は禁じられていたが、この夜はビールが出た。鬼の講師陣も最後の夜とあってくつろいでいる。

だが、降矢以下、警備陣は警戒の構えを解いていない。研修中や登山途上は緊張が高く、ターゲットは移動しており、狙いにくいかもしれない。むしろ研修最後の夜、蓼科登山を果たし、特訓からの解放感にたがが緩んだ打ち上げ会が狙い目であろう。

あるいは過去二回の襲撃から、降矢が神経質になりすぎているのかもしれないとおもったが、もし志織が加倉井一進や正命教の脅威となっていれば、簡単にあきらめるはずはない。

いまのところ、降矢の五感に気配は触れていないが、視線を感じていた。どこからか監視している。視線は至近距離のようでもあり、遠方からのようでもある。いずれとも見分けがつかないだけに不気味であった。だが、伊賀忍者の末裔、柘植の感覚にも触れていないので、降矢のおもいすごしかもしれない。

その夜の打ち上げ会は盛り上がった。日ごろ厳格な先輩社員が意外な隠し芸を披露したり、せがまれるまま志織が歌った演歌が大喝采を博した。明日午前の講義の後、一行はバスで帰京する。最終講師の一人に志織も入っている。

司会者がそろそろ終宴を宣しようとした矢先、食堂の一隅で食器が割れる音がした。はっとして会場の視線が集まると同時に、罵声が飛んだ。研修生が羽目をはずして喧嘩を始めたらしい。

一瞬、騒ぎの方角に注意を向けかけた降矢は、はっとした。もしかすると、この騒ぎは陽動作戦かもしれない。降矢はスタッフに目配せして、柘植、鵜飼、蕗谷の三名を志織の周囲に呼び集めると同時に、佐枝を騒動の源の方角に走らせた。研修生たちも騒動の渦に巻き込まれた。志織の近くには講師が数名、席に留まっていた。

騒動は呆気なく鎮まった。格闘技の天才、佐枝が喧嘩している二人の間に割って入り、取り鎮めた。佐枝の手際がよかったので、喧嘩も小火《ぼや》のうちに消えた。

その間、志織を狙う者も現われない。喧嘩がターゲットから注意を逸《そ》らすための囮《おとり》であったとしても、逸速く降矢以下、スタッフが志織の周りを固めたので手が出せなかったのかもしれない。

打ち上げ会が終わり、講師陣や研修生たちがそれぞれの部屋に引き取った後、志織の部屋に隣接している降矢の部屋にスタッフが呼び集められた。

「喧嘩をした新入社員と、自分の席から動かなかった講師の素性をすぐ調べてくれ」

降矢はスタッフに命じた。

「彼らが怪しいのですか」

蕗谷が問うた。

「確認したい。打ち上げ会で喧嘩を始めた新入社員は見過ごしにはできない。また、あの騒ぎの中で席を動かなかった講師の中に、登山に参加しなかった者が二人いた」

「不参加の講師がなぜ怪しいのですか」

鵜飼が問うた。

「今夜の打ち上げ会を初めから狙っていたのであれば、疲れる山登りなどには加わらない」

「わかりました。まさか講師陣の中に隠れていようとはおもいませんでしたよ」

鵜飼がうなずいた。

講師は盲点だった。会社が選んだ講師であるから安心という先入観があった。だが、刺客が講師を隠《かく》れ蓑《みの》にして来る可能性は、新入社員と同じである。

「ともかく喧嘩をした新入社員と、席を動かなかった講師から目を離すな」

と降矢はスタッフに命じると、志織に携帯から電話をして、

「今夜は私のスタッフ以外の者がノックをしても、絶対にドアを開けてはいけません。私は隣室にいます。なにかあったら壁を叩いてください」

と告げた。

新入社員の身上は、研修前に事情を告げて人事から情報を得ていたが、講師陣については白紙である。夜もだいぶ更けていたが、親しくしている総務担当者が社に居残っていた。
総務の情報によると、降矢がマークした講師は、
河本啓介《かわもとけいすけ》、マーケティング戦略学
有木道治《ありきみちはる》、情報工学
野出俊哉《のでとしや》、政策科学
の三名である。いずれも著名大学の准教授や講師を務めている、それぞれの分野のプロフェッショナルである。だが、信教に関する情報はない。
また、喧嘩をした新入社員は植谷栄司《うえたにえいじ》、前岡要《まえおかかなめ》であり、身上に関する情報は人事から

得ているが、これも信教についての情報はない。

一通りの身上情報を得た降矢は、次に岡野種男に連絡して、この五人の信教調査、およびより詳細な私的《プライベート》情報を求めた。

「あんたの睨《にら》む通り、その喧嘩当事者と講師は胡散臭いね。早速調べてみる。叩けば埃《ほこり》が出そうだ」

と岡野は請け負ってくれた。

翌日、最終講義を終え、途上つつがなく帰京した。

降矢は帰京後、スタッフを集めて後山会《あとやまかい》を開いた。一件《ワンユニット》の警備を終えた後開く反省会であり、今後の警備構成《プラン》への参考にする。まだ岡野の報告はきていない。

後山会最大の課題は、喧嘩事件の当事者および席を動かなかった講師たちが、果たして刺客であったかどうかの検討である。鵜飼と柘植は刺客集団であると主張し、蕗谷と佐枝は刺客とは無関係ではないかと言った。

「そもそも喧嘩の発端は、酒の上での言葉の行きちがいでした。新入社員の噂では、二人は平素は仲がよく、研修会でも同室だったそうです。自分が割って入った後はすぐに仲直りしました」

と佐枝が言った。

「仲がよいということは、共犯者の下地があるということではないのか」

柘植が反駁した。

「共犯者であれば、我々の注意を惹きつけるための八百長《やおちょう》喧嘩をもっとつづけたはずだ。自分が割って入ったら、素直に喧嘩をやめた」

「佐枝さんに割って入られたら、だれでも素直にやめるよ」

蕗谷が言ったので、一同が笑った。

だが、刺客か、否かの結論にはならない。

「仮に彼らが刺客集団であったとしても、二人の新入社員は囮だ。実行部隊は三人の講師だ。講師についてはどうおもうか」

降矢が問うた。

「警備中、彼らの講義を聞きましたが、見事なものです。講師が刺客とはおもえません」

蕗谷が言った。

「刺客が、講義がうまかろうと、へたであろうと、刺客の腕には関係ないだろう。現に蕗谷さん、あんたはスナイパーであると同時に、英語はネイティブ並みじゃないか」

鵜飼が言った。

「英語とマーケティング戦略学や情報工学とはちがうよ」

「どこがちがうんだね」

「英語は英語圏に行って暮らしていれば、だれでもうまくなれる。マーケティング戦略学や情報工学はそうはいかない」

「おれは二年ほど武者修行に世界のあちこちを歩いたが、一向に英語を話せない」

佐枝が言った。いつの間にか論点が外れていた。

「岡野君の報告が来る前に、刺客か、刺客でなかったかを論じても結論は出せない。この場では彼らが刺客であることを前提として、この度の警備に遺漏がなかったか検討してみたい。

まず喧嘩が発生したとき、スタッフ全員の注意は喧嘩に向いていた。我々は警備対象を中心にして広い視野を維持していなければならない。喧嘩に注意を向けて警備対象が一瞬でも空白になってはいけない」

降矢の言葉に、スタッフ一同はうなずいた。

「次に、この度の警備で最大の失点は、講師陣を意識に入れていなかったことだ。これは警備のプロとして大いに反省しなければならない。会社がつけた講師ということで、講師を一種の治外法権に置いていた。ただいまも鵜飼君が言っていたように、情報工学の講義がいかに見事であったとしても、凄腕の刺客ということもあり得る。だが、会社が選んだ情報工学の先生ということで、刺客リストから外してしまった。警備に当たる者はいかなる先入観も持ってはいけない。この度の警備で学ばなければならない教訓《レッスン》だよ」

「社長は最初から講師も刺客リストに入れていたのですか」

佐枝が問うた。

「リストから外してはいなかったが、まさかというおもいがあったな」

「まさかも先入観ですね」

佐枝の言葉に一同がどっと沸いた。

「喧嘩発生時、注意が一瞬それたものの、それぞれの持ち場を動かなかったことは褒めてよい。講師が刺客であったとしても、我々が持ち場を離れなかったので、対象者には手を出せなかった。だが、囮が喧嘩などではなく、もっと大きな事件、例えば火災や爆発などを起こせば、対象者を移動させながらの警備となる。打ち上げ会場で百名を超える人間がパニック状態に陥れば、警備は極めて難しくなる。喧嘩でよかった」

「なぜ、もっと大きな仕掛けをしなかったのでしょうか」

柘植が問うた。

「我々の警戒が厳重で、仕掛けを持ち込めなかったんだよ。爆発物や凶器は事前に我々が入念に調べた。また、刺客側にしてもあまり大仕掛けにはしたくなかったのかもしれない。我々がどう出るか、お手並み拝見であったかもしれないな」

「彼らの採点はどうだったでしょう」

「まず九十九点、我々の警備レベルの高いことはわかったはずだ」

「マイナス一点が先入観ですね」

「まあ、そういうところだろう」

とりあえず警備の反省に留まり、刺客の追及は岡野の報告待ちになった。

後山会の後、降矢は重大な可能性におもいあたった。

もし会社が加倉井や正命教に関わっていれば、降矢ら警備スタッフが解雇される虞がある。会社《クライアント》が解約すれば、志織は敵中に一人で放り出されることになってしまう。社外、および自宅の警備は降矢の自発的意志によってつづけられるが、社内での警備はできなくなる。

後山会で講師を意識に入れていなかったのは不覚であったと自戒しつつスタッフに注意したが、会社そのものをも容疑リストに加えるべきである。

クライアントという前提に立ってリストから外すのは、それこそ先入観というべきであろう。百名を超える新入社員を採用する大企業であるから、どこに加倉井一進の息がかかり、正命教に〝汚染〟されていないとも限らない。また社員や業者だけではなく、株主にも信者がいるかもしれない。

研修後、会社側にそのような動きは見られない。会社は降矢らの警備態勢に満足しているようである。

広告業界の課題はニューメディアを新兵器としての高度情報化時代への対応である。だが、ニューメディアには大きなリスクがつきまとう。ニューメディアの登場と共に、業界の構造が一変してしまう。

常に時代の最先端を追いながら、ニューメディアが吉と出るか、凶と出るか怯えている。仕事にしくじれば直ちに左遷《させん》、本社のトップマネージメントも株主総会で首をすげ替えられてしまう。中央官庁からの天下りもある。当然、上下の紐帯《ちゅうたい》は弱い。団交やストライキが頻発すれば、クライアントに敬遠されるので労組の力も弱い。つまり、非常に流動的な性格を持っている。

それだけに銀行やホテルとちがって、警備契約はいつ解かれるか、あるいは他の同業に替えられるかわからない。いまのところ、その気配はないが、いつ首にされても文句はいえない。とにかく流れの激しい会社であるから、信者が入り込みやすい環境ではある。

だが、邪教に汚染されていることが公になると、スポンサーから敬遠されるので、信教にはわりあい神経質である。流動的ではあっても、広告業のノウハウは一朝一夕ではできない。人材や、戦力としての組織の維持と流動的な体質が矛盾しているのが実態である。この矛盾体質の中に、ノーガードで志織を置き去りにしたらどうなるか。そのような場合に備えて、降矢は一手、秘策を考えていた。

彼自身が契約の警備員ではなく、社員となることである。これまでのところ、降矢の警備態勢は評判がよい。最近、ニューメディアの取り組みに際して波乱が予想された株主総会を、プロ株主や大株主に事前に根回しをしておいて、無事に乗り切った手腕を評価されたのである。当分の間は解約はあるまいと降矢は読んでいた。

十日後、岡野が報告にきた。

「今度は少し手間取ったよ。お見立ての通り、この講師の内二人は、正命教の紐付《ひもつ》きだったよ」

「やはりそうだったか」

降矢は予感が的中したことに、改めて向かい合っている敵の巨《おお》きさを実感した。

「河本も有木も正命教の不在地主と称ばれている隠れ信者だった。信者であることが公になると敬遠される学者や、教師や、法曹関係者や、役人などは、信者であることを隠している。このような隠れ信者を、教団内では不在地主と称び、聖命以下、高弟しか把握していない」

「そんな教団のトップシークレットをよく探れたね。さすがだ」

いつものことながら、岡野の情報網に感嘆した。

「聖命に反発する創始者の高弟に伝がある。聖命が教団の実権を握って以来、前教主一命の高弟たちは教賓《きょうひん》という特別の地位をあたえられて、体よく教団の中枢から外されてしまった。教賓たちは聖命を憎んでいる。そして、機会あらば正命教の実権を奪い返そうとしている。彼らにとっては聖命こそよそ者であり、先代教主に取り入って教団を乗っ取った宗敵と見ている。

河本と有木は最高弟山橋系の師教であったのが教賓に祭り上げられ、このままでは出世はおぼつかないとみて聖命に寝返り、聖命に忠誠を誓った。聖命は両名に師教の地位を安堵し、その後、聖命直属の不在地主として教団の内密の仕事を担当しているようだ」

「聖命直属の不在地主か。なんだか幕府の御庭番《おにわばん》のようだな」

「まさにそれだよ。この二人は聖命の密命のもとに動く正命教の御庭番だよ」

「その御庭番が会社の新入社員研修に潜り込んで来たわけだな。しかし、多数の目のある研修会で志織さんにどんな仕掛けをするつもりだったのかな。へたに手を出して、正命教の隠れ信者が逮捕されたら、発展途上の正命教の看板が汚れる」

「いや、仕掛けるつもりはなかったかもしれない。あんたらの手並みを見に来たんだろう」

「せっかく陽動作戦を実行しながら、ただ、お手並みを拝見していただけか」

「陽動作戦ではなかった。喧嘩は八百長《やおちょう》ではなさそうだ。二人の新入社員の身辺も洗ってみたが、正命教や加倉井一進との関わりは発見されなかった」

姿を露出して志織を警護するようになった降矢らスタッフの警備能力を測るために、講師陣に紛れて隠れ信者を送り込んだとすれば、正命教も加倉井一進も、それだけ志織に対して重大な脅威をおぼえていることになる。

「仮に喧嘩が彼らの陽動作戦であったとしても、研修打ち上げ会の衆人環視の中で志織さんに手は出せなかっただろう」

「特にあんた以下の警備スタッフが目を光らせていたからね」

「刺客の派遣者を含めて、やつらは我々が河本と有木の素性に気がついたことをまだ知らないはずだ。この二人から反撃するチャンスをつかめるかもしれない」

「おい、反撃するつもりなのか」

岡野が驚いたような顔をした。

「これまではやられっぱなしだったからな。正命教をこのまま放置しておけば、邪教と称んだように、いずれ社会に対して大きな害悪を流すだろう。いや、すでに流している。この二人を攻め口にして、正命教の危険性を未然に防ぎたくなったな」

「本気か」

「本気の少し手前というところかな。なにせ相手は信者百万を擁する巨大教団だ。零細代行業の手に負える相手ではない。だが……」

「だが、なんだね」

「いや、なんでもない」

降矢ははぐらかした。岡野もあえて追及しない。

降矢が喉の奥に呑み込んだ言葉は、一騎当千の破壊力を持ったレーンジャー上がりが四人いる、ということだ。正命教が信者百万を号しても、実戦の兵力はせいぜい一千、あとは集団催眠術《マインドコントロール》にかけられている盲信者である。

実戦同様の厳しい訓練に耐えたレーンジャーは、憲法九条の枷を外されたいま、正命教の実兵力に十分匹敵する戦力を持っている。実戦に用いたくてうずうずしている戦力を、反社会的な邪教集団の粉砕に用いられれば、社会の安全にも寄与し、たまったストレスの解消にもなるであろう。

だが、公安出身の岡野にはまだ言えない。降矢が考えている反撃は、正当防衛でも緊急避難でもない、反社会的行為となってしまう。

岡野は信頼できるが、彼の情報網に警察が連なっていることを忘れてはならない。

岡野が追及しなかったのは、降矢の胸の内を察知しながらも、立場上、黙視できないことを予知していたからであろう。

ともあれ正命教は河本と有木を通して、降矢らスタッフの警備態勢が固いことを知ったはずである。研修会という絶好のチャンスを見送ったことを見ても、彼らが志織に対する仕掛けについては慎重になったことを暗黙のうちに示していた。

この間、降矢は志織が正命教の脅威となっているその原因を確かめようとした。だが、志織本人に研修会講師の中に正命教の信者がいたことを告げて、聞いても心当たりがないという。

「志織さんが忘れているのか、あるいは相手が一方的にあなたに致命的な弱みを握られているとおもい込んでいるのかもしれない。あなたはどこかで加倉井一進、あるいは正命教にとって都合の悪い場面を見たか聞いたかしているのでしょう」

「そう言われても、心当たりがありません」

「例えば、取材対象者の近くに居合わせたり、通り合わせたりした人間はいなかったか、また取材場面の近くになにか異変やアクシデントがなかったか……」

「すでに何度も聞かれてますわ。そんな異変やアクシデントが近くであったら、ついでに取材しています」

「ついでに取材して、記事にしたことがありますか」

「何度かあります」

「例えばどんな事件やアクシデントですか」

「別件を取材中、近くで交通事故や、火災が発生したことがあります。ついで取材が本命の対象より大きな記事になったこともあります」

「志織さんの記者時代、取材したすべての記事、ボツになったものも含めて、改めて目を通したいのですが……」

「手許にあったスクラップはすでにご覧に入れてます。でも、ボツになった記事や写真などは、散逸、あるいは失われているかもしれません」

「写真……それはカメラマンが撮った写真ですか」

「カメラマンが同行しない場合は、私が撮影しました。私が撮った写真はおおむね保存していますが、カメラさんの写真は手許にはありません」

「お手許にある記者時代に撮影したすべての写真を見せてください。また同行したカメラマンの写真も見たい」

「カメラさんは専属の人と、フリーの人がいて、取材対象ごとに替わります。すべてのカメラさんの写真を集めるのは、難しいとおもいます」

「集められる限り集めてもらえませんか」

「できる限りやってみますわ」

降矢は彼女が取材に関わった写真の中に、刺客の黒幕《クライアント》の重大な秘密が隠されているかもしれないとおもった。写真は盲点であった。ましてや、志織以外のカメラマンが撮影した写真となると、すべてを集めるのは困難であろう。

写真の追及を思案していた降矢は、はっとおもい当たったことがあった。もし、黒幕の脅威になった源が写真に定着されていれば、その撮影者も脅威になっているはずである。志織が狙われたように、同行していた（かもしれない）カメラマンも狙われているのではないのか。

降矢は早速、その発想を志織に確認した。

「そういえば、昨年、ヌーさんが交通事故に遭って亡くなったわ」

降矢に問われて、志織はおもいだしたらしい。

「ヌーさんとは……」

「沼津《ぬまづ》さんです。愛称ヌーさんで、雑誌の専属カメラマンでした」

「その沼津さんの交通事故について、できるだけ詳しく知りたい」

「取材を終えて帰宅途上、轢《ひ》き逃げされたのです。犯人はまだわかっていません。私とよく組んで、いい写真を撮ってくれました。山が好きで、いずれフリーになって山岳写真家になると言ってました」

「轢き逃げ……犯人は捕まっていない……。つまり、志織さんが襲われた手口と同じではありませんか」

「あら、そうだわ。まさかヌーさんを轢き逃げした犯人が私を襲った……」

「と考えてもおかしくありませんよ」

「でも、ヌーさんが轢き逃げされてからだいぶ時間が経過しています」

「つづけて同じ手口を使えば、同一犯人の連続犯行と見なされます。犯人は故意にタイムギャップをおいたのかもしれません」

「怖いわ」

志織は改めて周囲を見まわした。

「ヌーさんの轢き逃げ被害の資料と、志織さんの取材時、同行したヌーさんのすべての写真を集めてもらえませんか」

「難しいけれど、やってみます」

志織も降矢の発想に共感を示した。

マスコミに報じられた資料を検索すると、『毎日クリエイツ』の専属カメラマン沼津公《きみ》夫《お》、三十八歳は、×月×日午前零時ごろ、練馬区内の自宅付近の路上で轢過《れきか》されて死亡している。現場は一車線幅の裏通りで、制限速度は三十キロである。

衝突地点から飛ばされた被害者の靴の距離から、加害車両は約六十キロの速度で走って来たと推定された。制限速度を三十キロも超過して、狭い裏路地を走行して来たのは、加害運転手は飲酒していたか、あるいは悪意があったとしか考えられない。

沼津は衝突ショックにより宙にはね上げられた後、路面に頭部を叩きつけられたらしく頭の傷口が開き、開放性頭部外傷による多量の失血で即死同然の状態で死んだようである。

事故発生時、現場付近に強い雨が降っており、加害車両の遺留品はほとんど洗い流されていた。犯人はいまだに不明である。

間もなく要請していた資料が志織から提供された。志織と沼津が撮影した、集められる限りの写真も集まった。

降矢は志織が書いた記事の切り抜き《スクラップ》、また彼女と沼津が撮影した保存写真のすべてに丹念に目を通した。だが、加倉井や正命教と関連性がありそうな記事も写真も発見されない。疲労と徒労感が重なって目がかすんできたが、降矢はあきらめず、再度、収集資料をチェックした。

降矢の目が、志織が提供した記事《スクラップ》の一片に留まった。それは「無医村の神」と題された志織が書いたルポルタージュのスクラップである。有名国立大学医学部出身のエリート医師が、オファーされた多数の出世のチャンスを断り、自ら奥多摩の無医村の医療を志して、地域の人々から神と崇められている現地報告《ルポルタージュ》である。

記事も感動的であったが、降矢がマークしたのは、文中に記述されている探訪日である。降矢はその探訪日が、彼の記憶している年月日と同じであることに気がついた。

志織が、その医師が診療所を開設している村に取材に行った日は、北沢うめが強盗に殺害された日と奇しくも同じであった。偶然の符合かもしれないが、気になる。無医村の神の取材には沼津も同行して写真を撮っている。

降矢は早速志織に会って、意識に引っかかった年月日の符合について問うてみた。

「偶然とはおもいますが、取材日と北沢さんが強盗に殺害された日が一致しています。志織さんには、なぜ一致したのか、心当たりはありませんか」

降矢に問われて、

「私が強盗犯人らしい男に会ったのは、北沢うめさんが殺される少し前です。偶然同じ日になったのではありませんか」

と志織は答えた。

「そうですね。北沢さんと無医村の神様もつながりはなさそうですしね」

やはり偶然の一致であったかと、降矢はにわかに重い徒労感がよみがえるのをおぼえた。

「そうそう、まったく関係ないことかもしれませんけれど、取材から帰る途上、ちょっと変なことがあったわ」

志織は、ふとおもいだしたように言った。

「ちょっと変なことって、なんですか」

降矢はすかさず問い返した。

「神様の取材に時間がかかって、帰りは深夜になりました。奥多摩のいちばん奥のほうにある診療所から心細い山道を伝って帰る途中、反対方向から来た車と狭い山道で接触してしまったのです。大した接触ではありませんでしたが、ヌーさんのおんぼろ車が相手の高級車をこすって疵をつけてしまいました。どちらが悪いともいえないのですが、相手は高級車ですので、クレームをつけられるかなと覚悟したところ、対向車はなんの文句も言わず、逃げるように走り去って行きました」

「逃げるように走り去った……」

「はい、車から降りて謝ろうとした私たちを置き去りにして、走り去ってしまいました。ヌーさんと私はしばらく呆気にとられてしまいました」

「対向車が志織さんとヌーさんに因縁をつけられるとおもったのではありませんか」

「まさか。こちらはスクラップ直前のポンコツ車ですよ。因縁のつけようがありません」

「闇の中でポンコツ具合が見えなかったのではありませんか」

「ライトを点《つ》けていましたからね、相手の車もよく見えました。ちょっと見ただけですが、車体の前のほうにかなりの損傷があるように見えました」

「山道ですれちがうときに接触して、大したことはなかったはずなのに、車体の前部にかなりの損傷があったというのはおかしいですね」

「私も変だなとおもいました。接触したとき、大したショックは感じなかったのに、フロントバンパーや、ボンネットの先端が変形しているように見えました。すれちがいに接触しただけなのに、なんで前のほうに損傷があるのか不思議におもいました」

「対向車の中にいた人間は見えましたか」

「三人いたとおもいます。運転者の顔はもう一度見ればわかるかもしれません。助手席の人は陰になっていてよく見えませんでした。リアシートにもう一人いましたが、やはり陰になっていました。三人共、若い男性でした」

「すると、志織さんとヌーさんの顔は相手に見えたはずですね」

「そうおもいます。でも、わずかな時間です。私たちが謝ろうとする矢先、いったん停まった対向車はエンジンをふかして発進していました」

「対向車のナンバーは記録しましたか」

「ヌーさんが写真を撮ったような気がしますが、よくおぼえていません」

「提供された写真の中には該当するような写真はありませんでした」

「それでは、撮らなかったのだとおもいます。なにしろ取材で疲れていた上に、突然の事故に遭遇して動転していたので……」

「接触した対向車の車種はおぼえていますか」

「T社のデラックス型だとおもいますが、自信はありません。その対向車がどうかしましたか」

「志織さんと同じように変だとおもっただけです。ヌーさんは車種についてなにか言いましたか」

「いいえ、ヌーさんもなんのクレームもつけられず、ほっとして相手の車種には注意していなかったようです。私の錯覚であったかもしれません。運転はヌーさんに任せて、私はうとうとしていましたので」

志織に事情を聞いた後、降矢は思案した。

志織と沼津が接触したという対向車の態度がおかしかったとしても、北沢うめの強盗殺害事件にはつながらない。やはり年月日の一致は偶然であったかもしれない。

だが、釈然としない。心の中が靄っている。この靄はどこから発するのであろうか。降矢は心中の靄を見つめた。

年月日の一致は偶然であったとしても、対向車の態度は確かにおかしい。相手も因縁をつけられるのを恐れたのかもしれないと考えたが、先方は若い男三人、こちらは志織とくたびれた中年男である。車も高級車とポンコツである。

それが逃げるように走り去ったというのは、どう考えてもおかしい。対向車は事実、逃げたのではないのか。もし逃げたのであれば、なぜか。つまり、対向車はなにか弱みを抱えていたのではないのか。

彼らには、その日、その時間、その場所にいたことを他人《ひと》に知られると不都合な事情があったのではないのか。その不都合な事情とはなにか。

よくあるのは、一緒にいる場面を見られては都合の悪い男女が車に同乗しているケースである。だが、志織は車内にいたのは男三人と証言している。それにラブホテルの駐車場で見られたわけではなく、深夜の山道ですれちがった車に見られただけであれば、さして神経質になることはあるまい。

すると、考えられるのは、対向車両がなんらかの犯罪に関わっていた場合である。犯罪という弱みを抱えて走行中、接触事故を起こしてはいかにもまずい。対向車に乗っていたのが犯罪者であれば、志織と沼津が乗った車と接触した後、逃げるように走り去ったことがうなずける。

ここまで思案を追った降矢は、対向車両がボディ前方にかなりの損傷を受けていたという志織の言葉を想起した。

ボディ前部の破損や変形は、道路を横断中の人体と車が衝突したときに生じる。走行中の自動車のフロントバンパーに歩行者の下腿部が接触し、すくい上げられ、腰や尻がラジエーターグリル、あるいはヘッドライトに衝突する。時にはボンネットの上にすくい上げられてフロントガラスに衝突して、それを破損することもある。

もしかすると、対向車両は人を轢いて逃走中であったのではあるまいか。そのように推測すると、すれちがいの接触前にすでに車体の前部に損傷があったこともうなずける。

対向車両は轢き逃げの加害車両であったかもしれない。そのときすれちがった沼津は、その後、轢き逃げされて死亡し、志織も轢き逃げ被害に遭ったが、際どいところで命拾いをした。これも単なる偶然であろうか。

もし対向車に乗っていた人間が志織と沼津に仕掛けて来た刺客であるとするなら、彼らはどうやって二人の素性を突き止めたのか。彼らは志織たちの顔を見ているが、よほどの著名人か面識のある人物でなければ、不十分な照明の中で素性まではわからないであろう。

手がかりは二つある。一つは車のナンバー、第二は志織の書いた記事である。第二の確率が高い。

『毎日クリエイツ』は発行部数十万を誇る人気雑誌である。その記事から二人の素性を手《た》繰《ぐ》ったのかもしれない。

降矢の思案は次第に煮つまってきた。

その後、捜査にはかばかしい進展は見られなかった。大庭くのの古希祝いの出席者四十三名をしらみ潰しに当たってみたが、目ぼしい収穫はなかった。

だが、棟居の意識に次第に脹らんできたものがあった。

それは大庭くの襲撃を最後に犯行がぷつりと絶えたことである。犯人が死亡でもしない限り、同一犯人による連続犯行が突如絶えたのには、なにか理由があるはずである。

犯人は犯行時、目出帽を被っていて、被害者は顔を見ていない。だが、目出帽を被っていても、よく知っている者が犯人であれば見破ったかもしれない。

大庭くのを最後に犯行がぷつりと絶えたのは、被害者に正体を見破られたからではないのか。とすると、大庭くのは犯人の素性を知っていて庇っていることになる。つまり、くのの身内や、ごく親しい人間が犯人で、くのに見破られ、未遂のまま逃亡した。あるいはくのに、黙っててやるから、このようなことは二度とするなと説諭されたのかもしれない。

大庭くのは犬が気配を察知して吠えたてたので、賊が逃走したと事情聴取に答えたが、近隣の犬が果たして吠えたかどうかは確かめていない。

棟居は気になったので、改めて大庭くのの隣家に問い合わせてみた。

「そういえば、ネロが吠えたので、私たちも目を覚ましました。ネロが大庭さんの家のほうに向かって吠えたてたので、おばあちゃんになにかあったのではないかとおもって様子を見に行きました。おばあちゃんが強盗が入ったと言ったので、びっくりして私が一一〇番したのです」

「そのときは、強盗はいなかったのですか」

「逃げた後でした。逃げ足の速い強盗でしたよ」

「もしかして、お宅のワンちゃんが吠える前に逃げたということはありませんか」

「そうですね。ネロが吠え始めたのでお隣さんに駆けつけたのですが、そのときは強盗の影も形もありませんでした」

隣人の証言によって、犬が吠える前に犯人が逃亡した可能性も出てきた。

犬は犯人が逃げる気配を察知して吠えたのかもしれない。くのに見破られ、諭され、逃げ出した犯人の後方から犬が吠えたとしてもおかしくない。犯人はくのに諭されて、以後犯行を止めた。

だが、すでに五件も犯行を重ねて、被害者の一人を殺害した犯人が、くのに諭されたくらいで犯行を止めるものであろうか。むしろ、正体を見破られたくのを、一人殺すも二人殺すも同じという心理から殺害する可能性が高い。

凶悪な犯人の心理として、大庭くのに諭されて、素直に従ったという想定には無理がある。犯人の心理が棟居の着想のネックになった。

ネックに阻まれた棟居は、もう一つの可能性があることに気づいた。

これまでの犯行手口から同一犯人の連続犯行と考えていたが、最後の犯行となった大庭くの強盗未遂は、別人による模倣犯行ではないのか。

富裕な独り暮らしの老女強盗事件は報道されている。金に窮した者が報道に刺激されて、これなら自分にもできるのではなかろうかとおもいたち、目出帽で顔を隠して、勝手知ったる身内の大庭くのを襲った……。

この想定にもネックがある。北沢うめ殺害を含む大庭くのより前の五件の老女連続襲撃事件の犯人は、どこへ行ってしまったのか。大庭くのより前の五件の犯人は、北沢うめを殺害した後、犯行を止めたことになる。模倣犯の出現に、自分が実行した五件の犯行をすべて模倣犯に転嫁《てんか》しようとして、新たな犯行をやめたのであろうか。

犯人は手袋をはめて行動していたらしく、現場から指紋や遺留品は採取、保存されなかった。

だが、転嫁したくても、模倣犯が捕まらないことには、むしろ模倣犯の未遂事件まで自分に転嫁されてしまう。

それにもう一つ、北沢うめ以前の犯行現場では指紋は採取されなかったが、大庭くのの家からは金品を物色した犯人のものらしい指紋が採取されたことである。

ともあれ棟居は、大庭くのが犯人を庇っている可能性を意識に入れて、彼女から再度、事情を聴くことにした。


降矢は自分の着想を岡野に伝えた。岡野も共鳴した。

「さすがはいいところに目をつけたな。おれも末広さんの取材パートナーまで気がまわらなかった。ヌーさんとかいうカメラマンのアイロン（轢き逃げ）は、志織さんのアイロン未遂とつながってるな。よし、ヌーさんの捜査資料の入手は棟居さんに頼むか」

「しかし、棟居刑事はおれをマークしているんじゃないのか」

「あんたから得た情報だということは秘匿しておこう。だが、遅かれ早かれわかることだぞ」

「いまは時間を稼ぎたい」

「時間を稼いで、どうするんだ」

「あの二人の講演屋を追ってみたい。あいつら、もしかするとヌーさんや志織さんを轢き逃げした犯人かもしれない」

「だったら、棟居さんに任せたらどうだい」

「おれの手で確かめたい。これまではやられっぱなしだからな」

「荒療治はやめろよ。日本は法治国家だ。復讐は違法だ」

「そんなことは知っているよ。あんたに迷惑はかけない。加倉井一進や正命教に、脅威は志織さんやヌーさんだけではないことを知らせてやる」

「そんなことをしたら、あんたが狙われるぞ」

「もう狙われているさ。だが、おれは志織さんとはちがう」

「あんた、加倉井や正命教を相手にするつもりでいるのかい」

岡野は半ば呆れたような顔をした。

「これがおれの仕事だ。代行業、つまり、クライアントの危険も肩代わりしてやるのさ」

「戦争になるぞ。相手は巨大だ。代行業の業務に戦争の代行までは含まれていないだろう。勝ち目はない」

「世界には民間の戦争屋が繁盛している。政府に代わって戦闘や、情報収集や、戦略計画、また作戦の支援や正規軍の訓練などを行っているよ。国会の議決を経なければ戦争ができない政府に比べて、戦争の代行屋は小回りが利くし、兵役義務で強制的に徴用された正規軍の兵士よりも戦闘能力が高い。国が一定の兵力を養い、維持するためには莫大な経費がかかるが、臨機に依頼できる代行屋に戦争をやらせれば、政府の負担も軽くなる」

「降矢、あんた、本気でＰＭＦ（民間軍事請負業）をやるつもりなのか」

岡野の呆れたような表情が驚愕に変わった。

「やろうとおもえばできないことはないな。まだ兵器は集めていないが、社員《スタッフ》はみな一騎当千だよ」

ＰＭＦと称ばれる戦争会社が国家の軍事業務を代行して、大きな成果を上げていることは岡野も知っている。

政府は国民に人気のない戦争はしにくい。だが、人道上や、同盟国の応援や、国民を蚊帳の外に置いた秘密作戦など、正規軍を投入しにくい戦争にＰＭＦを雇う。また戦闘行為だけではなく、正規軍の補給や医療などの支援にＰＭＦを雇う。彼らに支払う代償のほうが、正規軍を動かすよりもはるかに安上がりであり、国民の反戦気運を躱し、秘密が守られる。

しかも、社員は正規軍から引き抜いた精鋭や、退役した千軍万馬《せんぐんばんば》の将軍などを揃えているので、戦力は極めて高い。

「まさか、代行屋を戦争代行業にしようとしてるんじゃないだろうな」

岡野が問うた。

「日本は憲法九条があるからね。自衛隊すら戦闘行為は禁止されている。だから、民間会社が自衛隊に正式な軍事役務を提供することはない。だが、憲法は国家対国民の法律関係であって、国民対国民のものではない。例えば暴力団のような巨大な暴力をもった集団同士が抗争したり、暴力集団が無防備の個人を襲ったり、圧迫したりしても、憲法九条が放棄している戦争ではない。そのような戦闘行為に巻き込まれた者に軍事役務、つまり、護衛したり、援助したり、代行したりすることはできるよ。

我が代行会社は自衛隊の最精鋭の出身者を揃えている。給料も自衛隊よりいいが、自衛隊では憲法の継子《まま こ》扱いされた不満を、正義の代行に替えようとしているんだ」

「正義の基準を勝手に決めないほうがいい」

「だから、あんたに相談している。我が社のポリシーは、正当防衛の代行だよ。ＰＭＦのような利益本位の戦争会社とは一線を画している。それに武器がない。短刀一本すら銃刀法によって所持を禁止されている。兵器なき軍は軍ではなく、兵器なき戦争会社は戦争会社ではない」

降矢の言葉に、岡野はほっとしたようである。

正当防衛の代行会社が降矢の志《ビジョン》であった。だが、正当防衛の判定は、防衛者本人、または代行者がすべきものではない。その判断は法律に委ねなければならない。そうなると、民間の代行者は代行役務の提供が難しくなる。

憲法九条は戦争を永久に放棄しただけではなく、戦力の保持と交戦権を認めていない。代行者にとっては交戦権も自衛権も同じである。自衛権なき正当防衛の代行が企業化できるであろうか。

戦力そのものである自衛隊に、戦力の行使と交戦権を禁止した憲法九条の枷は、民間の正当防衛代行業者にもかけられているといってよいであろう。戦争ができない自衛隊に矛盾《ストレス》をたくわえられた精鋭が、自由であるべき野《や》に下っても、その矛盾は依然として解消されていないのである。

降矢はその解消を、新郎役を代行した新婦の護衛役に求めている。単なる新婦ではない。無法に命を奪われた亡き妻と瓜二つの女性である。もし降矢が志織を護り切れなかったら、妻を二度失ったような気がするであろう。降矢は一命を張っても志織を護り通さなければならないと覚悟を定めていた。

覚悟は実現しなければ意味がない。そして、覚悟の実行によってたくわえたストレスも解消するであろう。

棟居に岡野種男が興味ある情報を届けて来た。

「沼津公夫というカメラマンが轢き逃げされて死亡している。この轢き逃げ事件の犯人はまだ捕まっていない。この轢き逃げ、どうもお宅の事件《ヤマ》と関わりがありそうですよ」

と岡野は漏らした。

岡野は警察とのギブ・アンド・テイクに美味《おい》しい情報を土産《みやげ》に持参する。警察の鋳型《いがた》におさまりきらず飛び出した自由人であるが、私立探偵事務所を経営しながら、警察のよき協力者《エス》となっている。見返りに警察も情報を流す。元公安という尾を引きずり、警察の外人部隊のような存在である。

「アイロンになった沼津某がうちの事件につながっているという根拠は……」

棟居は問うた。

「そこまでは捜査権がないので、こちらの調べは届きません。しかし、同じアイロンになりかけて際どいところで助かった末広志織さんが記者時代、一緒に仕事をしていたカメラマンです」

「末広志織と一緒……つまり、彼女と沼津を轢き逃げした犯人は同一人物ということですか」

棟居の目が光った。

「その可能性は高いとみてよいでしょう。末広さんと組んで仕事をしていた沼津は、同じように犯人にとって不都合な事実を知っていたかもしれない。

それから河本啓介と有木道治、講演屋をマークしてください。業界では少しは知られている人物です。末広志織の会社でも新入社員研修などの講師をしていますよ。今日の土産はこれだけです。いずれ新しい土産が入りましたら持参します。沼津のアイロンについて、なにかわかったらおしえてください」

と言って岡野は辞去した。

岡野は独自の情報網からこれだけの材料《ネタ》を取得して警察に土産として差し出し、岡野の手の及ばぬディテールを掘り下げてもらおうとしているのであろう。

棟居はまだ岡野がなにか知っているかもしれないとおもった。出し惜しみをしているわけではなく、土産として差し出すにはまだ十分熟していないのであろう。

岡野の土産の三人、そのうち一人は死亡しているが、これまで彼の土産にガセネタはない。

棟居は三人の名前を脳裡《のうり》に刻み込んだ。

降矢は岡野から報告を受けた後、スタッフを呼び集めた。

「いつ来るか来るかとあてもなく待ち構えているより、当方から仕掛けてみようとおもう。岡野君の調査によって、講師の河本と有木が正命教の隠れ信者であることが確認された。この二人が志織さんを狙って研修会に参加したことは明白だ。我々の警備態勢が固いので、研修会では志織さんに手を出せなかったが、虎視眈々《こしたんたん》と仕掛ける機会をうかがっているだろう。彼らの機先を制しようとおもう。おまえらに目をつけているぞとおもい知らせるだけで十分な効果がある」

降矢はスタッフの精鋭に言い渡した。

「その命令、手ぐすね引いて待ってましたよ」

佐枝が言った。一同が我が意を得たりというようにうなずいた。

「とりあえず、どのように仕掛けますか」

次いで柘植が問うた。

「彼らは研修中、なんの行動も起こしていない。蓼科山登山にも参加しなかった。新入社員が喧嘩したときも席を動いていない。

だが、あのとき、彼らは打ち上げ会が始まる前、逸速く志織さんの近くに席を取った。それ以前、研修中、彼らの食堂における位置は、志織さんから離れている。つまり、打ち上げ会でなにかが起きることを予測していて、志織さんに近い席を占めていたことになる」

降矢は山荘の食堂に設置されたカメラから、研修最後の夜の映像をプリントした写真をスタッフに示した。

「しかし、喧嘩した新入社員は二人の講演屋とは関わりがなかったということですが」

蕗谷が言った。

「この写真は喧嘩が発生する直前の食堂内の映像をプリントしたものだ。喧嘩当事者の一人植谷栄司が喧嘩直前に携帯で通話している。こちらを見てくれ。講演屋の有木が同時に携帯で通話している。二人の通話開始時と終話時はほとんど同時だよ。有木が喧嘩した植谷に指令を発したにちがいない。喧嘩当事者のもう一人の前岡要に事情を聴いてみると、植谷からいきなりスープをひっかけられて、なんの挨拶もしなかったのでたしなめると、いきなり突っかかってきたそうだ。前岡は無関係であり、植谷が喧嘩前に有木と通話していたことが露《あらわ》れなかったので、植谷と前岡は無関係とされたが、やはり仕組まれていたんだな」

「有木と通話した植谷は正命教の信者だったのですか」

「いや、まだ信者にはなっていないようだが有木の大学の後輩だよ。サークルも一緒だったそうだ」

「なんのサークルですか」

鵜飼が問うた。

「動物研究会というサークルだよ。ただのサークルではない。加倉井のばか息子と、失踪した新郎島崎賢一も入っていたサークルだ」

「つながりましたね」

「つながっただけでは手を出せない。罠を仕掛ける」

「罠を」

スタッフの視線を集めた降矢は、

「志織さんにハイキングを主催してもらおう」

「ハイキング？」

一同は狐につままれたような顔をした。

「会社のレクリエーション活動として、休日に社員有志を募ってよくハイキングに行くだろう。発案者から届け出られた計画を厚生課が認めれば、会社の福利厚生の一環として補助金も出る。志織さんが発案者であれば必ず公認され、多くの参加者が集まる。社員だけではなく、その家族や、社外の関係業者も来るだろう。河本、有木、植谷の三人もきっと参加する」

「志織さんを囮にするのは危険ではありませんか」

柘植が言った。

「そのために我々がエスコートする。ハイキングの目的地は奥多摩だよ」

と言われて、スタッフ一同ははっとした。すでにスタッフは志織と奥多摩の関わりを知っている。

「罠と言ったが、これは志織さん本人の意志でもある。護衛に取り囲まれて刺客がいつ来るか、いつ来るかと怯えている生活にはうんざりしたそうだ。こちらから罠を仕掛けて敵をおびき出し、刺客の黒幕や、度重なる襲撃の真意を確かめたいということだよ」

「いよいよ戦争ですね」

降矢の言葉に、スタッフ一同は奮い立った。これまで専守防衛であったのが、ついに反撃に転ずるときがきたのである。

立ち上がる仮説

北沢うめが殺害された日の深夜、奥多摩の山道で接触した対向車両が犯罪に関わっていたのではないかという仮説のもとに推測を進めると、沼津の交通事故死に行き当たった。奥多摩の接触車両と、同日に世田谷区内で発生した強盗殺人事件を結びつけるのは飛躍であるが、その日、この老女殺し以外に目ぼしい事件は報道されていない。あるいは秘匿されている犯罪や、別の事情によって逃げたとも考えられるが、一連の老女襲撃事件から正命教が浮上してきたのである。

北沢うめが殺害された後、志織は島崎賢一と挙式するはずが、新郎は式場に姿を現わさぬまま愛猫と共に失踪した。

ここまで推測を進めてくると、老女殺しと正命教の関連疑惑が濃くなってくる。仮説の段階であるが、志織が接触した対向車が老女殺しと関わっていたとすれば、蓼科研修会襲撃未遂疑惑を含む再三にわたる志織襲撃と、沼津の交通事故死の動機が凝縮してくる。

もし対向車が老女殺しに関わっていれば、逃走途上接触した志織と沼津は、犯人にとって脅威となったであろう。志織の言葉によると、対向車体の前部がすれちがいの接触では生じないような損傷《ダメージ》を受けていたという。

殺人後、逃走途上、人をはねた衝突ショックによるダメージではないのか。もしそうであれば、生死にかかわらず、対向車が轢過した被害者が現われるはずであるが、当夜、そのような報道はされていない。

そこで行き当たるのが被害者の死体を対向車が積んでいたのではないかという推測である。志織と沼津が接触した車両に死体でも積まれていたとすれば、二人は対向車の致命的な場面と〝接触〟したことになる。

まだ裏づけのない仮説にすぎないが、志織提案の奥多摩ハイキングが仮説の検証になるであろう。

「もし仮説が証明されたら、正命教への宣戦布告になりますね」

佐枝が腕を撫して言った。

「意識としてはとうに宣戦布告しているつもりだが、加倉井や正命教と正面対決になるね」

「相手にとって不足はありません」

スタッフ一同、気負い立っている。

「正命教はすでに我々をマークしている。だが、たかが街の代行屋と侮《あなど》っているだろう。

そこがこちらのつけ目でもある。だが、正面対決になっても決して相手を殺してはいけない。殺すと、警察と正面対決になってしまうからな」

降矢は再度念を押した。

「正当防衛の場合でもですか」

蕗谷が面に不満を表わした。

「そうだよ。戦闘能力を奪えば、殺す必要はない。そのために隊で九条の枠の中で特殊訓練に耐えてきたんだろう」

「教団内部にもレーンジャー出身者がいるかもしれません」

「それこそ相手にとって不足はないだろう。だが、これまでの手口からレーンジャーはいないようだな。レーンジャーなら交通事故偽装などという姑息《こそく》な手は使わない。せいぜい暴力団の落ちこぼれだろう」

「警察の捜査はどの程度進展していますか」

柘植が問うた。

「北沢うめ殺しの捜査本部には棟居刑事が参加している。棟居さんには岡野から、沼津カメラマン交通事故死と老女殺しの関連疑惑を伝えてある。棟居さんは当然、正命教との関連性も疑うだろう」

あの刑事とは向き合いたくない。だが、罠が奏功して正命教や加倉井と正面対決になれば、必ず棟居が乗り出して来る。

いや、その前に棟居は降矢を〝同じ黴の狢《むじな》〟としてマークしているにちがいない。岡野を介して棟居に「奥多摩の接触」という土産をもたせたのは、お手柔らかにという一種の挨拶である。

棟居は岡野が持参した〝奥多摩の土産〟を慎重に検討した。

棟居は正命教の関与を当然意識に入れていた。末広志織と沼津が奥多摩取材の帰途、接触した車は、なんらかの秘密を抱えていたのではないかという着想は、鋭い。

岡野は対向車の素性を示唆しなかったが、棟居は速やかに正命教を連想した。土産物の贈り主・降矢もそれを暗示しているようである。

岡野が仲介したお土産情報では、すれちがい接触だけでは生じないような損傷を、対向車両はボディ前部に受けていたそうであるが、棟居は降矢と同じ思考経路をたどって、同夜発生した本件の老女殺しと結びつけた。おそらく降矢も棟居が土産を本件に結びつけることを予想して、岡野に託したのであろう。

土産情報には含まれていなかったが、対向車が抱えていた秘密とは、衝突した人間、あるいは死体を積んでいたことかもしれない。もし、深夜、奥多摩の奥地に向かって走っていた対向車に衝突した死体を乗せていたとすれば、それを隠蔽《いんぺい》するためであろう。死体を隠してしまえば、衝突事故はなかったことになる。

だが、対向車に衝突された被害者は、だれか。当夜、失踪した人間は報告されていない。係累のいない独り暮らしの者や、ホームレスが路上で、車に轢かれて加害車両に運ばれてしまったのか。

そこまで推測を進めた棟居は、はっとして宙を睨んだ。

岡野から土産を届けられる前に、棟居は大庭くのの襲撃未遂犯人は模倣犯で、大庭の知人であり、庇っているのではないかと考えた。

そういえば強盗は一物も盗《と》らずに逃走したとくのは言っていたが、その後の親族の証言によって、手許にいつも置いているはずの小金が消えていることがわかった。

その点を本人に問いただすと、よくおぼえていないということであった。強盗が入る前に、なにかに使った可能性もある。手許金がなくとも、強盗が盗ったとは限らないが、くのが賊を庇っているのであれば、手許金をあたえて逃がしたのかもしれない。

棟居は早速、大庭くのに会いに行った。彼女は強盗に入られた後、独り暮らしが怖くなったらしく、川崎市にある老人ホームに入居していた。

大手銀行資本の経営する「ケアシンボル・ドリームホーム」という名前の、一見瀟洒《しょうしゃ》なホテルのような建物の一室に隔離《かくり》されたように入っていた。

棟居を迎えたくのは、久しぶりに話し相手を得たかのように饒舌であった。だが、強盗の件について切り出すと、にわかに口が重くなった。

「強盗は目出帽を被っていたそうですが、目だけは変えられません。見おぼえのある目ではありませんでしたか」

棟居が問うと、

「怖くて怖くて、目なんか見られないよ。お隣さんの犬が吠えなかったら、私はいまごろここにいませんよ」

とくのは横を向いた。

「顔は見なくとも、金を出せとか、おとなしくしていろとか、声は出したでしょう。声におぼえはありませんでしたか」

「なにも言わずに刃物を突きつけて、指で丸をつくったよ」

「強盗が金品を物色中に目を覚まして声をあげたので、首を絞められたのではなかったのですか」

「おや、そうだったかね。よくおぼえていないよ。犬が吠えたので、強盗はなにも盗らずに逃げ出したんだ」

「しかし、その後の捜査でお手許にあったはずの金がなくなっていることがわかりましたが、大庭さんが泥棒にあたえたのではありませんか」

「そうかもしれない。命あっての物種だからね」

「隣の人は強盗が逃げた後、犬が吠えたようだと言っていますが」

「だからさ、よくおぼえていないんだよ。とにかく犬が吠えてくれたので、強盗は逃げたんだ」

くのは事件についてはあまり語りたくないようであった。

「強盗に入られる前に、親族や親しい人たちが集まって古希のお祝いをしておられますが、出席者リストの中に若い方もいましたね」

棟居の言葉にくのの顔色が変わったようである。棟居は手応えをおぼえた。若い出席者の中に触れられたくない人物がいるようである。

「さあ、私ゃ、そんなことしてくれなくてもいいと言ったんだが、息子や嫁たちが勝手に段取りをつけて呼び集めたので、だれが来たのか、よくおぼえていないよ。普段はほったらかしておいて、そんなときだけ集まってちやほやされても嬉しくなんかないわさ。そろそろ猫に餌やる時間だな」

くのは時計も見ずに言った。

「おや、猫を飼っておられるのですか」

「いやね、野良が餌をねだりに来るんだよ」

くのは、もう帰ってくれと遠回しに言っていた。

だが、着想のネックとなったのが北沢うめ殺しまでの一連の犯行である。大庭くのを襲った者が模倣犯であれば、北沢うめまでの一連の犯行の犯人はどこへ行ってしまったのか。その行方を対向車両と結びつけると、ジグソーパズルのピースがおさまるべき位置にぴたりとおさまる。

棟居は自分の着想を見つめた。北沢うめを殺害した犯人は逃走途上、車と衝突して即死したか、瀕死の重傷を負い加害車両に乗せられた。加害車両はだれにも知られたくない〝荷物〟を運搬途上、奥多摩で末広志織と沼津の車に〝接触〟した。加害者にとっては背筋が寒くなるような接触であったであろう。

とにかくその場は凌《しの》いで奥地へ向かい、死体を、あるいはまだ虫の息のある被害者を隠蔽した。だが、証拠物件は隠したものの、途上で接触した相手が脅威となって、加害者の意識を圧迫してきた。加害者は接触車のナンバーから、その素性を知ることができる。その後、沼津の死亡事故は加害者と容易に結びつけられる。

この加害車両を正命教関連と想定したならばどうか。

棟居の前に凶悪な連環が次第に輪郭を現わしてくるように感じられた。

土産の贈り主である降矢も、同じような仮説を立てているかもしれない。

棟居は自分の仮説を捜査会議に提起することにした。まだ熟していない仮説の段階であるが、大庭くのの再事情聴取からつかんだ手応えと共に捜査会議に諮《はか》り、捜査方針からくのを切り離して模倣犯による犯行と固まれば、仮説が比重を増してくる。

捜査会議では予想した通り、「飛躍した仮説」と異論が出た。棟居は仮説の裏づけとして、大庭くの襲撃模倣犯説を提議した。

「それも仮説ではないか。屋上屋を架すというが、仮説に仮説を架すとは驚いたね」

那須班の先輩刑事山路《やまじ》が嗤《わら》った。棟居は譲らずに、老女の供述の矛盾や、犬吠えについての隣人の証言から、模倣犯の可能性が高いと訴えて、

「大庭くの襲撃が模倣犯による犯行であることが証明されれば、北沢うめ殺害犯人のその後の消息不明や、末広志織らとの遭遇、また志織の事故を含む沼津の事故死などと符節を合わせられる」

と主張した。

「それこそ先入観というものだよ。たまたま殺しと同じ日に、その現場から遠く離れた山

奥で車が接触しただけで、その後の接触当事者の交通事故死を結びつけるのは、飛躍というよりは乱暴だね。同じ日に無数の事件が発生している。どうしてこの事件だけを結びつけるのかね」

山路の口調が皮肉になった。

「同日発生だけで結びつけたのではありません。その後、末広志織と島崎賢一の挙式当日の失踪、また島崎が仕事の上で密接な関わりをもっていた正命教の車と島崎の飼い猫が被害老女の家の近くで目撃されていることなどと考え合わせて、同教団の関与を疑わざるを得ません」

「それが飛躍した仮説だというのだよ。仮に正命教の関与を疑うとしても、どうしてそれが奥多摩の接触に結びつくのかね」

「接触の一方の当事者末広志織が、結婚するはずだった島崎賢一が失踪しているからです」

「島崎が正命教とビジネス上、密接な関わりをもっていたとしても、奥多摩の接触には結びつかないだろう」

「末広志織と接触した対向車に島崎が乗っていたとすれば、どうですか」

棟居は心中に温めていたとっておきの仮説を口にした。束の間、捜査会議の席上は静ま

り返った。山路も即座に切り返さない。棟居はここぞとばかり、

「もし仮説の通り、接触車の一方が死体、もしくは虫の息になっている被害者を運搬中であったとしたら、末広志織や沼津は重大な脅威になったはずです」

「ちょっと待て。一歩譲って、被害者を乗せていたとしても、どうして加害者は末広や沼津の素性を知ったのかね」

「車のナンバー、あるいは末広は雑誌の記者で、当日取材した記事を雑誌に発表していきます。加害者が志織たちの素性を知る可能性は十分にあります」

「ならば、島崎と末広が結婚に同意した心理には無理はないのかね」

「男と女の問題は、当人以外にはわかりかねますが、末広は接触車に島崎が乗っていたことを知らなかったかもしれません。また島崎は末広と結婚することによって、脅威を妻にしてしまおうとおもったのかもしれません」

「脅威を妻にね」

山路が棟居の言いまわしに少し感心したような顔をした。

「ここで島崎の失踪は重大な意味をもってきます。島崎は末広と結婚することによって脅威を身内にしたようなものですが、今度は島崎自身が脅威になったのです」

「島崎自身が脅威に……？」

「加害車両にはもう二人、同乗者がいたことが末広によって確認されています」

会議場の空気がざわりと揺れた。

「私は島崎の同乗者が正命教、または加倉井の関係者ではないかと疑っています」

棟居の仮説はにわかに重みを帯びてきた。

「棟居君の仮説は検討に値する。仮説の前提として、大庭くのの件の模倣犯説を掘り下げてみよう。もし同女を襲った犯人が北沢うめ以前の犯行と切り離されれば、北沢殺しの犯人の行方を末広志織と接触した車が向かった方角に追及してみるのも、あながち無駄ではないとおもう」

那須警部の言葉がその日の捜査会議の結論となった。


志織が発案した奥多摩ハイキングは厚生課に承認されて、会社のレク活（福利厚生）の一環となった。参加希望者は社外関係者を含めて三十余名。そのうち蓼科研修に参加した新入社員が十二名応募していた。男女ほぼ同数の大部隊となった。

会社主催の社員旅行の人気がなくなったいま、会社公認のハイキングに三十余名が応募したのは志織の人気の高さを示している。

「カモが罠に入り込んで来たぞ」

参加希望者リストの中に河本、有木、植谷の三名を見いだした降矢が、魚信を得た釣り人のように言った。

「彼らは、これが罠だということに気づいていないのでしょうか」

柘植が問うた。

「たぶん、気づいていないとおもうな。蓼科では我々が河本、有木、また植谷らをマークしたことに彼らは気づいていないはずだ。もし気づいていれば、蓼科と同じ顔ぶれが参加するはずがない」

「この三人以外の一味が参加しているかもしれませんね」

柘植が言った。

「その可能性はある。あるいはこの三人は囮かもしれない」

「囮とは……」

降矢はスタッフの視線を集めて、

「我々が三人をマークしていることに関わりなく、蓼科と同じ顔ぶれを使う危険に備えて、面の割れていない一味を潜り込ませているかもしれない。社外の関連業者や、蓼科参加者再参加は要注意だな。

対向車が向かった方角に犯罪の重大な証拠を隠したとすれば、その方面に計画したハイキングに一味は肝を冷やしているにちがいない。しかも、発案者が志織さんとなれば、偶然の一致とは考えないだろう。罠を承知でハイキングの真の目的を探ろうとするにちがいない。一味は我々がすでに証拠を隠した場所を特定しているかもしれない。ハイキング以前に、証拠を別の場所に移そうとする可能性もあるが、これが罠であることを恐れて軽々しくは動かないだろう。証拠をもつ現場を押さえられれば、それまでだからな。河本ら三人が参加してきたことは、仕掛けた罠が有効に作用しているということだよ。油断するな」

降矢はスタッフ一同に言い渡した。

棟居の意見は捜査本部に入れられて、改めて大庭くの周辺の人間関係が調べられた。とりあえず捜査の対象になったのは、降矢瑠璃が担当した古希祝いの出席者たちである。彼らはおおむねくのの親戚や友人とされているが、リストがなく、出席者名は不明である。

捜査は大庭くのに近い若い者がマークされた。くのには三人の子、十人の孫、二人のきょうだい、また父方のいとこが二名、母方のいとこが三名、それぞれの孫が合計十六名いる。古希祝いには子、孫、いとこや甥、姪のほとんどが集まったと推測された。

そのうち甥の兼松孝次《かねまつこうじ》、三十六歳が浮上した。前科なし。一度、結婚しているが、三年前に離婚。トラック運転手、キャバレーの呼び込み《ポーター》、ファーストフードのアルバイト、派遣などを転々としており、現在無職。現住所はなんと大庭くのの旧居になっている。

沈滞していた捜査本部は活気づいた。大庭くの襲撃が北沢うめ以前の一連の事件から切り離されれば、棟居の仮説が存在感をもって立ち上がってくる。

当の兼松は、くのの旧居に不在であったが、逃亡した気配はない。所轄署の協力のもとに張り込みをしていると、三日目深夜、酔って帰宅して来た。その場で、老女連続強盗殺人事件について聞きたいことがあると、任意同行を求めた。正当な理由もなく拒めば、逮捕の理由になりそうな深刻な気配に、兼松は酔いが一ぺんに吹き飛んだらしい。

所轄署に連行された兼松は、かけられた嫌疑が殺人事件を含む一連の老女襲撃事件と聞いて、血の気を失った。

「ちがう。おれはばあさんを殺してなんかいない」

兼松は悲鳴をあげるように犯行を否認した。

「それでは×月××日の深夜、午前零時前後、どこでなにをしていたかおしえてくれないかな」

と棟居は言った。

「そんな以前のことはおぼえていねえよ。たぶん寝ていたとおもうよ」

「寝ていた、どこに寝ていたんだね」

当時の兼松は住所不定である。

「アパートに決まってるよ。ホームレスじゃねえからね」

「アパートの住所は……」

「いや、そのアパートは消防署から勧告されて取り壊されたので、カプセルホテルを泊まり歩いていたな」

「そのカプセルホテルは……」

「毎晩変えていたから、いちいちおぼえていねえよ」

「つまり、アリバイはないということだね」

「いつ、どこでなにをしていようと、おれの勝手だ。警察にいちいち報告する義務はないね」

兼松は土壇場で虚勢を張った。

「大いにあるね。あんたのおばさんは当夜、強盗に襲われて、手許の金を奪われている。金に窮したあんたが、勝手知ったるおばさんの家に押し入って、正体を見破られ、説教を受けた上、金をもらったんじゃないのか。隣家の犬が吠え立て、隣人が駆けつけて来たので、おばさんはあんたを庇って強盗の素性を隠したんだろう。

あんたの嫌疑は、大庭くのさん強盗、殺人未遂だけではない。それ以前の老女殺しを含めた五件の余罪もあんたがやったんじゃないのかね」

「冗談じゃねえ。おれは人殺しなんかしていないよ。証拠があるのか」

兼松は土俵際《どひょうぎわ》であがいた。

「おばさんが強盗に襲われた現場に犯人の指紋が残っていた。その指紋と、あんたがおばさんの家に入居してからつけた指紋が一致したんだが、そのことはどう説明するのかね」

「そ、それは、それ以前におばさんの家に行ったときにつけたんだろう」

としどろもどろになって、言い抜けようとしたが、

「それ以前とは、いつのことだね」

「一ヵ月ほど前だよ。それより前にも何度か顔を出しているから、指紋があるのは当たり前だよ」

兼松は次第に立ち直ってきている。

「ふざけるな。おばさんが襲われた夜、残されていた指紋は新しい」

棟居はビニールの証拠保存袋に入れられた缶ビールの空き缶を兼松の前に差し出した。

「あんたの指紋がこの缶ビールについていたよ」

「指紋に日付が入っているのかい」

兼松は問い返した。

「そうだよ。この指紋には日付が入っている。この缶ビールは、おばさんがあんたが押し入った前の日に買ってきたものだ。おばさんの家に一ヵ月前に行って、当夜、カプセルホテルに泊まっていたはずのあんたの指紋が、どうしておばさんが前の日に買った缶ビールについているんだね」

と棟居に問いつめられて、兼松は返す言葉に詰まった。

兼松は自供した。

派遣会社を首になり、仕事もなく、ついに路上生活をするまでに落ちぶれた兼松は、頻発している独り暮らしの老女強盗事件からヒントを得て、おばから金を盗《と》ろうとおもいついた。

ところが、目出帽を被って押し入った兼松の正体をおばは見破って、金をくれた上に、こんなことを二度としてはいけないと諭した。

「おばの情けに反省して、もらった金で当座を食いつないでいると、おばから携帯に電話が入って、自分は老人ホームに入居するから、こちらへ来いと言われたのです。おれは人殺しなんかしていませんよ。一度だけ例の強盗の真似をして、おばの家に忍び込んだだけです」

と兼松は殊勝な口調になって言った。

兼松が自供した後、棟居はさらに問うた。

「おばさんの古希祝いを担当した降矢瑠璃さんという会館の社員をおぼえているか」

「おぼえています。とても綺麗な人で、心のこもった司会をされて、おばさんはじめ、みんなが感謝していました」

「出席者の中で、瑠璃さんと特に親しそうな人はいなかったか」

「さあ、特におぼえていません」

「瑠璃さんに会ったのは、そのときが初めてかね」

「初めてです」

「瑠璃さんのことでなにか印象に残ったことはないか」

「綺麗で、親切で、とても頭のよさそうな人だとおもいました」

「会の間、なにか印象に残るようなことはなかったか」

「さあ、特におもい当たることはありません……あ、そういえば……」

兼松はなにかおもいだしたような顔をした。

「そういえば、なんだね」

「会が始まってから、出席者の一人が会場をまちがえたらしく、慌てて出て行きました」

「会場をまちがえた……その人物をおぼえているか」

「さあ、よくおぼえていませんが、もう一度会えばおもいだすかもしれません」

兼松の自供を踏まえて、大庭くのに確認したところ、

「嘘を申し上げて申し訳ありませんでした。おばの家に強盗に入るほど追いつめられた甥が可哀想で、庇い立てをしてしまいました」

と彼女は謝った。

「強盗に首を絞められたと言ってましたが、それはどうなのですか」

「それも嘘です。そう言わないと信じてもらえないようにおもいましたので」

「それも庇っているのではありませんか」

もし首を絞められた事実があれば、殺人未遂である。

「いいえ。本当です。あの子は私を殺そうなんてしていません。根は優しい子ですから」

殺人未遂となるとおかまいなしというわけにはいかない。だが、被害者が強盗ではなく、甥に金をめぐんだと申し立てたので、兼松は起訴猶予となった。

兼松の供述を大庭くのが裏づけして、ここに棟居の仮説は半ば証明された形になった。

だが、まだ十分な証明とはいえない。

大庭くの襲撃犯人が模倣犯と判明しても、そのことが北沢うめ殺しの犯人と、末広志織

の接触車とを結びつけることにはならないのである。接触車が運搬したと推測される証拠物件を確認しない限り、棟居の着想は依然として仮説の域を出ない。証拠物件は奥多摩のどこかに隠蔽されているにちがいない。

それだけでは隠蔽地の範囲が広すぎる。その存在すら確認されていない証拠物件の隠蔽地域が特定されていないのであるから、捜査のしようがない。

捜査本部は那須の決断で、沼津の死亡事故を本件に関係ありとして掘り下げることにした。

レク活の余興《アトラクション》

ハイキング当日がきた。参加者三十余名は新宿駅前からチャーターしたバスに乗って奥多摩に出発した。

降矢らは研修時と同じ警備スタッフとして同行している。参加者はスタッフを旅行会社の社員とおもっているらしい。

当日は快晴、日本列島は優勢な高気圧の支配下にあって、ハイキング日和《びより》となった。欠席者は急な用事が発生した一人だけである。降矢が要注意人物としてマークしていた三人も参加している。この三人以外に刺客が隠れているかもしれない。一見した限り、要注意人物を除いては怪しげな者は見当たらない。

男女ほぼ同数、新入社員が十二名、ほぼ三分の一を占めている。研修時の蓼科登山に味をしめたようである。社外からは三名の業者が加わった。いずれも志織の顔見知りである。社員の家族は若手社員の細君が二名参加した。

行き先は奥多摩の中でも展望がよい、御岳《みたけ》から日の出山を経て、金比羅《こんぴら》尾根を伝い五日《いつか》市《いち》に下る約三時間の足弱でも歩ける軽いハイキングコースである。脚力が不揃いな会社のハイキングなので軽いコースを選んだ。

もともとハイキングが主目的ではなく、罠である。研修三人組が参加しただけで、獲物は罠に半分かかっているといえよう。

途中、なにごともなく、渋滞にも引っかからず、予定時間よりも早く滝本に着いた。志織らが対向車と接触したのは奥多摩のもっと奥地であった。

心なしか三人組の表情が少しほっとしたように感じられた。ということは、彼らは接触地点を知っていることになる。

滝本からケーブルカーで六分、御岳山駅に着く。ここから武蔵御嶽《むさしみたけ》神社への参道を登る。社頭には売店が並んで山頂の雰囲気は壊されるが、奥多摩の人気の山だけあって、展望がよい。

一同揃って記念撮影をしてから、日の出山山道に入る。道はよく整備されており、なんの危なげもない。スタッフは三人をマークしながら警戒されぬようにさりげなく志織をエスコートしていた。

紅葉には少し早いが、六百メートルから千メートルクラスの低山が波のようにたたなわり、その果ては奥秩父の高い峰々へとつづく展望が雄大である。複雑な山勢は山間に牧歌的な里を鏤《ちりば》め、清冽な水路を刻み、滝を落とし、渓谷を抉《えぐ》る。山腹を杉や檜《ひのき》の原生林や、山麓を楢《なら》や椚《くぬぎ》の雑木林が埋める。

これらの森林は多彩な野鳥や動植物や昆虫の栖《すみか》となって、四季折々の生活の消息を伝える。

視線を逆の方向に転ずれば、山勢は茫々と広がる平原に吸収され、そのかなたに東京が人間の海のように青く濁って烟っている。東京の方角から延びてきた街道の触手は、山間に毛細血管のように入り込み、大量の車を送り込んで来る。昔、歩いて越えた峠を、いまは車が風を切って通過する。

山に隔てられた里と里、あるいは里と平野部を結んだ峠には、たいてい地蔵や道祖神が立っていて、越えて行く人々を送迎した。峠のかなたに未知の風景を見た旅人もあったであろうし、物資を運んだり、嫁いで行ったり、吉兆の知らせを届けたりした。あるいは追われて峠を越えて行った人もいたであろう。

奥多摩の峠には二千メートルを超すような高い峠はない。それだけに峠の風物は穏やかで劇的ではないが、人生の小さな破片が優しい伝説となって置き忘れられているようである。

だが、そんな峠も次第にさびれて、舗装された峠道を車が排ガスを撒き散らしながら通過して行く。人生の破片や想い出を運んだ街道は、いまや機械文明の触手となってしまった。


だが、街道から外れて一歩山中に入り込めば、都会から押し寄せる乱開発に圧迫されているとはいうものの、自然が豊富に残されている。機械文明が侵蝕した自然を、電車や車という文明の利器（恩恵）を利用して愉しみに来るという矛盾には気がつかない。

自然を破壊する悪魔の使者に乗って、自然の恵みに与《あずか》ろうとしている。その矛盾が大きければ大きいほど、自然は美しく、それから受ける恩恵が大きいのは皮肉であった。

参加者は都心からわずかな時間で、山気煮つまる胸のすくような展望の中に位を占めて、日の出山の山頂から海のように広がる関東平野を俯瞰《ふかん》する。事実、遠望は海と空に青く溶接しているようである。

日の出山山頂で展望を愉しみながら持参した弁当を広げる。アイスボックスに入れてビールを持って来た者もいるが、峠の山荘にも冷えたビールがあった。ビールで乾杯し、弁当を交換したりして、参加者ははしゃいでいる。不穏な空気はない。

主催者の志織は人気者で、常に参加者に取り囲まれている。スタッフはボディガードであることを参加者に悟られないように、さりげなく警護している。仕掛けた罠とはいえ、会社に公認されたレク活の一環であるので、威圧型の警護はできない。

それに三人組は志織に接近もしなければ、敬遠もしていないようである。極めて自然な距離を保っている。それがかえってスタッフの目には不自然に見えた。なにか意図するところがあって、自然な距離を保っているように見える。

昼食後、志織主導のフォークダンスが行われた。参加者一同、学生時代に戻ったようにダンスに興じた。三人組もダンスの輪に溶け込んでいる。山頂でゆっくりと時間を過ごした後、金比羅尾根を五日市の方角に向かってたどる。

参加者は都心から離れた豊かな自然と壮大な展望を満喫し、都会の澱《おり》を洗い落としたように満悦の表情であった。

「取り越し苦労のようでしたわね」

志織は前後しながらエスコートしている降矢の耳にささやいた。一日のハイキングで今日初めて顔を合わせた人たちも溶け合っている。不穏な気配など一欠片《ひとかけら》も感じられない。降矢の研ぎ澄まされた五感にも触れない。

「まだ安心するのは早いです」

降矢も周囲に聞こえないような声で答えた。この平穏すぎる気配が、逆に違和感を伝える。三人組が純粋にレク活として参加したはずがないのである。

さりげなくエスコートしているが、三人組もスタッフが単なる旅行社社員ではないことを察知しているであろう。どんなに巧みにエスコートしても、スタッフの警戒網の中心には志織が位置している。スタッフが散開していても、非常の際には直ちに志織を軸にして警戒網を絞り込めるように連携した位置についている。

伝う尾根が起伏を伴いながらも、次第に高度を下げており、尾根の末に五日市の街並みが見えてきている。傾きかけた太陽の位置の加減で、街の屋根がきらりと光ることがある。それが降矢には山麓で待ち伏せしている一味の合図のようにおもえた。

（考えすぎだ）

と自らを戒めながらも、平穏無事の中になにかまがまがしいものが凝縮しているような気がした。

日の出山から二時間ほどで金比羅山に着く。五日市の街並みがぐんと近づいた。太陽の位置にはまだ余裕があるが、暮色が西のほうから次第に這い寄って来るようである。頂上と重なり合う山が黄昏を呼び寄せているように見える。

バスは尾根を下りた山麓の集落に待っているはずである。午前に比べて一同の足どりが少し重くなっている。大した距離ではないが、車に頼ってなまった足に、今日一日の山歩きの疲労がたまってきたようである。だが、一人の落伍者も出ていない。

高度が下がるにつれて、山裾に鏤められたメルヘンのような山里が現われた。山陰の小さな家から夕餉《ゆうげ》の煙が立ち上り、青い靄となって山裾をやわらかく烟らせている。囲炉裏《いろり》に粗朶《そだ》をくべたような懐かしくも香ばしい香りが漂ってくる。すでに都会だけではなく、地方でも失われた郷愁の香りであった。

「懐かしいにおい」

「子供のころ嗅いだにおいだわ」

そんなささやき声が参加者の口から漏れた。時間がゆったりと流れているように感じられた。さらに人家のほうに近づくと、家の中から家人の穏やかな会話が漏れてくるようであった。

天の上方は明るいのに、山陰には夕闇が沈澱したかのように積もっている。ここが都下とは信じられないような、数十年も時間をさかのぼったかのような集落であった。

だが、それが束の間の美しい幻影であったかのように、突然、無粋な大型バスが視野に入った。往路、滝本まで一行を運んだバスが、下山口に回送されて待っていてくれたのである。束の間、郷愁に浸っていた一行は、現実に引き戻された。

「お帰りなさいませ。お疲れさまです」

添乗員《エスコート》がにこやかに出迎えた。復路は朝のバスとは別のバスが迎えに来ると幹事から聞いていたが、バスは同じで添乗員と運転手の顔が替わっている。

一行はやれやれとバスに乗り込んだ。一行が乗車し終わると、バスは発進した。添乗員が冷えたジュースを配ってまわった。喉が渇いていた一行は、待ちかねたように手を出して飲んだ。東京までトイレ休憩があるかどうか微妙なので、スタッフはジュースを受け取ったものの、すぐには口にしない。レーンジャー時代から鍛えられている習性である。

一行はさすがに疲れているらしく、すでにうとうとし始めていた。緊張はしているつもりでも、バスの快い振動に揺られていると、ついうとうとしかけてくる。

車内のあちこちから鼾《いびき》が聞こえてきた。その鼾声にふと違和感をおぼえた降矢は、はっとした。反射的に志織の方角を見ると、うとうとしているようであるが、異常はない。車窓の風景が往路と異なっているように感じられた。忍び寄っていた睡魔が吹っ飛んだ。

降矢は立ち上がると、

「運転手、方角がちがうぞ」

と叫んだ。だが、運転手はなんの反応も見せずにハンドルを握っている。スタッフは各位置についているが、参加者一行は眠りこけたままである。配られたジュースに睡眠薬が仕掛けてあったらしい。

「静かになさい。席に腰を下ろしなさい」

添乗員が隠し持っていた拳銃を構えていた。

三人組が立ち上がった。

「罠を仕掛けたつもりが、罠に嵌まったな」

河本は口辺に薄嗤いを刻んで言った。いつの間にかバスの前後を三台の黒いサングラスカーが挟んでいる。

「きさまらが女の番犬であることはとうに察している。妙な振る舞いをすると命は保証しない。次に停まったところできさまらは降りろ」

有木が言った。二人の後方から植谷が銃口を向けている。

降矢以下スタッフは、添乗員と植谷の銃口の前で身動きを封じられている。バスがスピードを緩めた。スタッフを降ろす予定地点に近づいたらしい。

降矢がふたたび立ち上がった。

「坐れ」

添乗員が銃口を構え直した。

「引き金を引く前に安全装置をはずせ」

降矢の言葉に添乗員と植谷の注意が一瞬、拳銃のほうにそれた。その瞬間を逃さなかった。近い位置にいた柘植が添乗員を、蕗谷が植谷の手許に手刀を打ち込み、凶器は持ち主を替えた。一瞬にして形勢逆転した。蕗谷は奪った凶器を運転手に向けて、

「前の車を追い越せ。そのまま突っ走れ。赤信号でも停まるな」

と、命じた。

運転手は蕗谷の意のままに動いた。

「きさまらはこっちへ来い」

柘植に拳銃で小突かれて、三人組と添乗員はバスの最後部に追い立てられた。

赤信号を無視して交差点を突っ走ったバスと、その後を追う三台の車列に、通行車両は仰天した。いったん山の方角に向かったバスは、反転して五日市の市街地に向かって走っている。車の数が増えているが、バスは同じ速度を維持していた。

信号を悉く無視して暴走するバスとこれを追跡する三台の車列を、パトカーがサイレンを鳴らしながら追って来た。降矢はパトカーの停車命令を無視してバスを走らせている。

参加者の大半は異変を知らずに眠りこけている。

「ど、どこへ行くつもりですか」

震える声で一味の運転手は問うた。

「すぐにわかる」

降矢はうっそりと嗤った。バックミラー越しに降矢の嗤いを覗いた運転手は、不気味な気配をおぼえたようである。背後からパトカーがサイレンをあげながら執拗に追跡している。車列は五日市市街に入った。

「その交差点を右に曲がれ」

降矢は指示した。

「その建物の前で停まれ」

ふたたび降矢が指示した。運転手はぎょっとした表情を見せた。三人組も愕然としたようである。バスは五日市警察署の前に停まった。追跡して来たパトカーも面食らったようである。追走して来た三台のサングラスカーは停車せず、逃走した。

「降りろ」

降矢は三人組と運転手、および添乗員に命じた。パトカーから降り立って来た交機隊（交通機動隊）員に、

「バスジャックの犯人を捕らえましたので引き渡します」

と降矢は言った。バスジャックと聞いて、交機隊員は驚いたらしい。

バスの中では睡眠薬で眠りこけていた参加者たちがそろそろ目を覚ましかけていた。白川夜船ならぬ夜車の間に、異変はスタッフによって鎮圧されていた。

三人組や、添乗員が所持していた凶器もその場で警察に引き渡された。事情聴取された降矢は、

「犯人は正命教関係とおもわれます。車内に設置した隠しカメラに犯行の一部始終が録画

されています」

降矢が提供したビデオが動かぬ証拠となった。

降矢は往復途上の万一の場合に備えて、小型の隠しカメラを乗車時、バスの中に設置した。これも降矢が仕掛けた罠の一部であった。

かなりの時間、事情聴取に留め置かれている間に、参加者は完全に目が覚めた。車内からは参加者に配った睡眠薬入りのジュースの残部が発見された。ジュースは直ちに科研の薬物の鑑定プロパー、化学第二研究室にまわされた。

ジュースを飲まされた参加者たちも、証拠資料の一部となる。

バスジャック犯人一味を乗客が制圧して、バスごと警察署に横づけしたのは前代未聞である。

ようやく事情聴取が終わった後、警察が仕立てたバスに乗って、犯人一味を除く参加者一行は帰途についた。参加者にまったくダメージがなかったので、帰路はあたかも凱旋するかのように浮き立っていた。

会社のレクリエーションの日帰りハイキングに、バスジャックがおまけについたのは千載一遇といえる。一行は事件が進行中眠らされていたが、これを被害《ダメージ》とは考えていない。彼らはむしろ凄い土産をもらったようにおもっていた。

五日市署から報告を受けた警視庁は、事件関係者のほとんどが都内に居住しているところから、本庁内にバスハイジャック事件特別捜査本部を設置して、捜査を始めた。

バスジャック事件はほぼリアルタイムで棟居の耳に伝わった。

バスジャックの犯人を制圧したのは降矢以下、そのスタッフと知った棟居は、仮説がほぼ完全に証明されたことを悟った。

犯人一味中、三名はすでに正命教の紐付きであることを確認している。運転手と添乗員はまだ未確認であるが、一味であることはまちがいないであろう。

バスジャック犯人の本命の的《ターゲット》は、末広志織である。正確にはバスをハイジャックしたのは、むしろ降矢以下、五名の代行業者《スタッフ》である。バスは正命教が仕立てたものであり、末広志織以下、乗客を眠らせて、どこかに拉致途上、降矢らに一味が制圧されたのである。

当該バスが所属するバス会社は、正命教の偽装企業《フロント》であった。

捜査を受けた正命教は、凶器を準備してバスジャックしたのは降矢グループであり、教団は被害者であると主張した。だが、降矢が提供したカメラに保存されていた映像が正命教の主張を粉砕した。

ここに棟居の立てた仮説がバスジャック事件に重要な関連性をもつと判断されて、連続老女強盗殺害事件捜査本部と合同で捜査に当たることになった。
沈滞していた連続老女強盗殺害事件捜査本部は、容疑対象として巨大新興教団の浮上に活気づいた。

両刃の剣的な危険な罠であったが、見事に獲物が引っかかった。後山会で振り返ると、冷や汗もののかなり危ない場面があった。

降矢が最も反省したのは復路のバスである。幹事が手配した往路のバス会社が、正命教のフロントバス会社にすり替えられていたとは、乗車するまで気がつかなかった。へたをすれば罠を仕掛けたつもりが、逆に敵の罠に嵌まるところであった。

際どいところで制圧したが、防犯隠しカメラを仕掛けなかったならば、我がほうが銃器所持、バスジャックの犯人にされてしまうところであった。

際どく躱したが、正命教はこの程度ではびくともしない。おそらく実行犯をとかげの尾として切り離し、本体は知らぬ、存ぜぬを押し通すであろう。

「この度の仕掛けは一応我がほうに軍配が上がったが、辛勝というところだ。そして正命教や加倉井を本気で怒らせてしまった。これからが正念場となるぞ」

降矢はスタッフ一同に言い渡した。スタッフはむしろ喜んでいた。バスジャックで犯人一味を制圧したものの、最も美味しい部分（私的制裁）を警察に委ねて、欲求不満がたまっている。彼らは自衛隊でのストレスを持ち越して、今後の展開を楽しみにしている。

「我々の目的は正命教や加倉井との戦争ではなく、志織さんの護衛にあることを忘れてはならない。我々は戦争屋ではない。あくまでも代行屋である」

降矢は後山会で再度確認した。

後山会の後、岡野が警察の情報を伝えてきた。

捜査本部は、志織が奥多摩で接触した車が、同日、老女を殺害した犯人が逃走中衝突して、その死体、もしくは重傷を負った身体を運搬中であった疑い濃厚として捜査を進めている。それを聞いた降矢は新たな窓が開かれたように感じると同時に、意識に靄っていた予感が的中したようにおもった。

「当初、この仮説を立てたのが棟居刑事だよ。棟居さんも、接触車が同日発生した老女殺しに関わっているのではないかというあんたの着想を踏まえて、この仮説を立てた。正命教の隠れ信者が執拗に志織さんを狙ったのは、その接触によって致命的な弱みを握られたとおもったからだろう。とにかく絶対に察知されてはならない証拠物件を運搬中、有力雑誌の記者の車と接触したことは、彼らにとって重大な脅威になっているはずだ。とりあえず脅威の一人、沼津を交通事故を偽装して処分した。このことも彼らの不安を裏書きしている。その後、志織さんはその接触事故についてなにも書いたり、コメントしたりしていないが、重大な脅威であることに変わりはない。

さすがは棟居さんだよ。あんたの発想から大胆な仮説を立て、これを正命教絡みのバスジャック事件を制圧したあんたが裏づけた形になった。棟居さんがおれにこの情報をリークしてくれたのは、あんたに謝意を表したのかもしれない」

「こちらが謝意を表したいくらいだよ。捜査本部から目をつけられたとなれば、正命教も必死になる。加倉井が噛んでいれば、共同戦線を張ってくるな」

「加倉井が圧力をかけてくるかもしれない。圧力をかければ、加倉井も同じ穴の狢というわけだ」

「それが狙いの一つでもあるが……」

「気をつけろよ。今度はバスのようなわけにはいかないぞ」

「わかってる。敵も我々を甘く見ていたことを悟って、総力を挙げてくるだろう」

降矢はいよいよ巨大な敵と正面対決することになった実感をもった。

「それにしても、彼らは志織さんを執拗に狙いすぎる。事件からだいぶ経過しているのに、彼女は沈黙している。本人が気にもかけていないことをこれだけ執拗に追跡すると、寝た子を起こすことになるんじゃないか？」

岡野が小首をかしげた。

「それはたぶん、彼女が島崎と結婚しようとしたからではないのかな」

「結婚すれば、むしろ一味の中に取り込むことになって、脅威ではなくなるだろう」

「当初、島崎は志織さんが接触車の中にいた事実に気がつかなかったかもしれない。彼女が最初に島崎に会ったとき、どこかで彼女に会ったような気がしたけど、人ちがいだったと言ったそうだ。島崎もその時点では、彼女と最初に出会った時と場所をおもいださなかったのだろう。彼女に一目惚れした島崎がプロポーズして挙式当日に失踪したのも、島崎自身が彼らの脅威になったからだろう」

「島崎は一味ではなかったのか」

「一味であるからこそ、脅威になったんだよ」

「島崎の脅威が志織さんに引き継がれたというわけか。しかし、二人は事実上、結婚していない。挙式当日に〝隔離〟されたのだから、脅威を引き継ぐ間もなかっただろう」

「それだよ」

「それ？」

「おれもいまにしておもい当たったのだが、島崎が対向車に同乗していたと考えたらどうだ」

「島崎が同乗……」

岡野がはっとしたような表情をした。

「そうだよ。それにちがいない。だからこそ、志織さんを執拗に狙っているんだ。おそらく棟居刑事も同じような推理をしているだろう。一味は島崎に志織さんとの結婚はやめろと言ったが、彼女に執心していた島崎は、一味の制止に背いて結婚しようとした。だから、消されたんだよ」

「すると、島崎は結婚前に志織さんが接触車に乗っていたことを知っていたことになるな」

「知っていたかもしれないし、知らなかったかもしれない」

「それはどういう意味だ」

「島崎は気がつかず、島崎と同乗していた一味のほうが先に気がついていたが、島崎には黙っていたかもしれない」

「つまり、島崎の同乗者は志織さんを知っていたことになるな」

「たぶんな。志織さんは雑誌記者だったから、加倉井や正命教の関係者にも会っていた可能性がある」

「志織さんが会っていたかもしれない関係者となると、絞られてくるね」

岡野がまた新たな獲物の臭跡を嗅ぎつけたような顔をした。

その後、バスジャック事件の捜査は予想外の展開を見せた。

正命教の偽装企業であるバス会社は、バスジャックしたのは降矢以下、五名の代行人であるという主張を、降矢が提供したカメラの映像によって覆された後も変えなかったが、そのうちにカメラそのものもバス会社が設置したと言い出した。

つまり、カメラの仕掛け人の変換によって、双方の主張の逆転を狙ってきたのである。巧妙な作戦であった。

設置カメラに所有者名はついていない。正命教のフロントバス会社の車内に設置されたカメラは会社のものだと主張すれば、決定的な反証はない。

映像を見ればバスジャック側がいずれか明瞭であるが、バスジャックの目的がなにかはわからない。カメラには志織は乗客のワン・オブ・ゼムとしてしか登場しておらず、バスジャック犯人の目的が彼女にあったことを映像は語っていない。

熱海や蓼科の合宿を踏まえて、ターゲットが志織にあることは明らかであるが、捜査側はバスジャック事件を前の二件と連続して見ていない。運転手も添乗員もバス会社の社員であり、三人組は乗客であった。

彼らはバスジャック事件をレク活の余興《アトラクション》であると唱え始めている。参加者にあらかじめ知らせておいてはインパクトが弱くなるので伏せておき、睡眠薬も効果を高めるためにジュースに微量に仕込んだだけだと主張した。

彼らの弱点は車内に持ち込んだ本物の拳銃であったが、「それも降矢らが持ち込んだものであり、自分たちが犯人から奪い取ったものである。その証拠に、暴発しないように奪い取った後、安全装置をかけた」と強弁した。

蕗谷が植谷から奪い取った拳銃にかけた安全装置に便乗したのである。カメラの映像はそこまで映していない。

こうなると水掛け論になる。カメラの映像全体の流れからして、三人組とバス会社が仕掛け人であることは明らかであるが、その動機や目的、睡眠薬の仕込み人、拳銃の出所などの証明は、カメラの映像だけではカバーできない。

要するに、バスジャック事件は被害者がいない。事件発生中、眠りこけていた乗客はなにが起きたのかもわからないうちに、事件は終息していた。乗客たちはバスジャックをレクリエーションの余興とおもっている。彼我当事者双方が相手を犯人と言い募っている希有な事件であった。

捜査側はバス会社が犯人サイドであるという心証を得ていたが、動かぬ証拠がない。有力な物証であったカメラの映像も決定的ではない。証拠不十分のまま起訴しても公判を維持できない。検察もバス会社が政界に影響力のある正命教のフロント会社と知って、起訴に慎重であった。

勾留期限いっぱい勾留した後、結局、銃砲刀剣類所持等取締法違反で起訴したが、前後して弁護人の請求によって保釈が許された。

もともと訴因である銃刀法違反の銃の所有者が争われていたものを、検察は三人組を所持者と断定して起訴に踏み切ったのである。

バスジャック事件容疑者グループの保釈の報は、捜査本部に衝撃をあたえた。バスジャック事件と連続老女強盗殺害事件は関連性ありと判断されて、両捜査本部が合同したばかりである。

特に棟居が受けた衝撃は大きい。保釈請求人はバス会社、すなわち正命教の顧問弁護士である。もっとも保釈請求が出され、許されることは覚悟の上であったが、あれだけ大規模な事件が銃刀法違反容疑程度で起訴されたところに、棟居は正命教の巨大な影響力を感じ取っていた。

正命教は保釈請求者を隠そうともしない。そこに同教の傲慢さと実力を感じ取った。

棟居はこの保釈請求を正命教の正面切っての挑戦と受け取った。

三人組プラス・バス会社の開き直りのような反撃を受けた降矢以下、代行スタッフは、警察から身におぼえのない凶器について事情聴取を受けた。一応任意の聴取であったが、実際は取り調べに近い。

設置カメラの映像を見れば、どちらが犯人か明白であるはずだが、自衛隊最精強のレーンジャーという前身が、銃器にも精通しており、銃器入手のコネもあるであろうという先入観を抱かせている。

だが、警察としてもスタッフを本気で疑っているわけではない。容疑対象として外せない前身なのである。

スタッフは憤激したが、よく耐えた。それだけに怒りが内攻した。

「すべての可能性を疑うのが刑事の性《さが》です。悪くおもわないでください」

事情聴取に当たったた一人である棟居が言った。

彼はバスジャックによって自分の立てた仮説が証明された形になったので、スタッフの前身による先入観の染色はない。

むしろ、スタッフの事情聴取によって仮説が裏づけられたと感じているようであった。

その点に関しては、スタッフも同じ印象をもっていた。三人組の保釈請求人が正命教の顧問弁護士とあって、降矢仮説が裏づけられたのである。

警察の事情聴取を受けた後、岡野が面白い情報をくわえて来た。

「三人組の保釈請求人の村住《むらずみ》という弁護士、加倉井が正命教に紹介したそうだよ」

「加倉井が」

「村住はもともと加倉井の御用弁護士だった。ヤメ検で検察関係にも顔が利くらしい。加倉井とは検事時代からの知り合いだそうだ」

「そういうことだったのか」

降矢はうなずいた。同じ穴の狢がようやく顔を揃えてきた感じである。

バスジャック事件容疑者の起訴についても、検察の態度が手ぬるく感じられたのは、村住の息がかかっていたのかもしれない。

「なんでも村住は加倉井のばか息子の家庭教師をしていて、一進に認められ、学費や留学費用などを出してもらって検事になったそうだよ」

「ばか息子……弘文の家庭教師……」

このとき降矢の脳裡に電光のように走った連想があった。なぜ、いままでおもいつかなかったのか。

降矢は一瞬走った閃光が照らしだした風景を凝視した。

志織と沼津が接触した対向車には島崎が同乗していたと推測した。島崎が同乗していたということは、加害車両にもう一人、あるいはそれ以上の人数が乗っていたと考えられる。少なくとも島崎一人ではない。島崎以外のだれかが加害車両に乗っていたはずである。志織もそう証言した。

その同乗者が正命教、あるいは加倉井関係とまでは容易に推測したが、特定はしていなかった。

いま脳裡に走った一瞬の閃光の中に、降矢は加倉井弘文の顔を見た。弘文こそ、加害車両の同乗者として最もふさわしい人物である。

その連想がこれまで阻まれていたのは、正命教と弘文の父親・加倉井一進の存在感が大きすぎたからである。弘文と島崎は同学出身であり、卒業後もつき合いがあった。

降矢は自分のおもいつきを岡野に告げた。

「そうか。対向車に加倉井のばか息子と島崎が同乗していたか。まさにぴったりの同乗者だね。これまでおもいつかなかったのが不思議なくらいだ」

「加害車両を運転していたのはばか息子のほうだろう。いや、島崎が志織さんの車と接触したとき、対向車のハンドルを握っていても差し支えないが、その車両が運搬していた物体を〝清算〟した者は加倉井弘文にちがいない。そうでなければ、島崎は弘文の脅威にはならない」

弘文の脅威はそのまま一進の脅威になる。そこで一進はもう一人の実子・聖命に泣きついたのであろう。聖命としても、父親は教団を支える大資金源である上に、弘文は兄である。この二人の脅威とあっては放ってはおけない。

二日後の夜、降矢の事務所に意外な訪問者があった。訪問者というよりは、逃亡者というべきか。ちょうど事務所に居合わせた蕗谷以下、スタッフの何人かは訪問者の顔に記憶があった。

「きみは植谷……」

蕗谷がまだ記憶に新しい顔に声をかけると、

「助けてください。私は殺されます」

と震える声で訴えた。顔に生色がない。追われて逃げ込んで来たようである。なにかに怯えているらしい。

彼は合宿、奥多摩のハイキングに参加した新入社員の一人、植谷栄司であった。

「落ち着いて。事情を話しなさい」

蕗谷は植谷に告げると、スタッフに目配せした。以心伝心、窓の隙間から外をうかがったが、追跡者の気配はない。植谷自身が罠である可能性もある。

植谷は、講師として派遣された、正命教の刺客有木道治と河本啓介とトリオを組んで、喧嘩やバスジャックを企み、志織を狙った一人である。

「保釈中に私は交通事故やなんらかの災害に巻き込まれて死ぬ予定になっています。私は事情を知りすぎてしまったのです」

植谷は言った。

「どんな事情だね」

「私は正命教の隠れ信者です。正命教は危険な邪教集団です。正命教の教義こそ、人類を救済する唯一無二、未来永劫の真理であり、それ以外はすべて邪であり、世界は汚れきっていると説き、これを統一して、正命教が支配する世界に変えようとしています。そのためには手段を選ばず、これを否定し、阻止しようとする者はすべて人間の天敵であり、再生《リザ》しなければならないと信者を洗脳しています」

「リザとはなんですか」

「リザレクト、再生のことです。正命教では神の命によって殺すことをリザと言っています。正命教の教義に忠誠を誓う者は神意に添うことであり、リザしても罪ではない。むしろ功徳（善行）であると教え込まれます。私は正命教の実態を知って、怖くなりました。蓼科の合宿や、奥多摩のハイキングにも行きたくなかったのですが、教団の命令で強制的に派遣されました」

「なんのために派遣されたのか」

「末広志織さんをリザせよと命じられたのです。末広さんは教団にとって危険な敵であると言われました。私は気が進まなかったのですが、家族を人質に取られているのでやむを得ず教命に従ったのです。この度保釈されたのも、私が教団の事情を知りすぎて危険と判断したので、私の口を塞《ふさ》ぐためです。お願いです。私を助けてください」

植谷は真情を面に表わして訴えた。

「なぜ警察に行かなかったのか」

「警察にも正命教の手はまわっています。警察は信用できません」

「我々なら信用できるというわけか」

「正命教は降矢エージェントを教敵と見ています」

「きみの言葉を信じられる証拠はあるのか」

「たぶん教団は私の行方を血眼になって捜しているはずです。こちらに逃げ込んだことを探り出すのは時間の問題だとおもいます。間もなく追手がかかるでしょう。それが証拠です」

「仮に我々が君をかくまったとしても、正命教は強力な兵力を養っている。護りきれないかもしれないよ。警察に応援を求めなければならない」

話の途中で、蕗谷は重大なことをおもいだした。

「志織さんと所長《ボス》が危ない。ここはおれがなんとか保つ。つげちゃん（柘植）、うーさん（鵜飼）、サエちゃん（佐枝）、志織さんの家に走ってくれ。正命教の手がまわっているかもしれない」

蕗谷は、末広家には降矢一人がついているが、教団の多数の兵力が攻めて来れば一人では護りきれないとおもった。植谷に逃げられたと知れば、教団が末広志織の家をマークするのは必至である。

「もう来てるよ」

柘植が首を横に振った。

「兵力は？」

蕗谷が問うた。

「少なくとも七、八人はいるな」

蕗谷は直ちに一一〇番したが、妨害電波が出ているらしく、通じない。

「よし、この場は我々だけで凌ぐほかなさそうだ。一人が二人以上やればよい。ぬかるな。敵は飛び道具を持っているかもしれない。念のためにチョッキ（防弾チョッキ）を着ろ。きみはこの場所から動くな」

植谷に命じると同時に、スタッフはそれぞれの位置についた。

ほぼ同じ時刻、うとうとしかけていた降矢は、室温が二、三度下がったように感じて全身が目覚めた。なにか冷気を帯びたものが接近している。

（来た）

一瞬にして気配の素性を察知した降矢は、庭伝いに通じている志織の家に駆けつけた。まだ屋内に異常な気配は感じられない。

ひとまずほっとした降矢は、預けられている合い鍵を使って裏口から屋内に入り、二階にある志織の寝室のドアをノックした。まだ起きていたらしく、ドアを開いた志織に、

「志織さん、いやな気配がします。少し騒がしくなるかもしれませんが、部屋から絶対に出ないでください」

と降矢は告げた。

「あら、せっかく降矢さんが訪問してくださったとおもったのに、がっかりだわ」

降矢に全幅の信頼をおいている志織は、異常事態の発生を告げられても不安を見せず、彼の深夜の訪問意図を勘ちがいしたらしい。

志織の安全を一応確保した降矢は、一一〇番と事務所に電話をしたが通じない。妨害電波を出しているらしい。そのことが異常事態を裏書きしている。

降矢は志織の両親を起こして、

「電話が通じません。裏のアパートに避難して、ご近所の人たちの協力を求め、警察と私の事務所に連絡してください。ここを離れれば電話が通じるとおもいます。応援が駆けつけるまで志織さんは私が必ず護ります。まだ裏手には気配がない。急いで」

と両親に告げた。家族は咄嗟に事態を悟って、

「志織を頼みます」

と言い残し、言われた通り裏口から避難した。

外の気配は少なくとも数人はいる。降矢は一人で凌がなければならないと覚悟した。

一瞬の判断であったが、降矢は揺れていた。志織を家族と一緒に避難させるべきであったかもしれない。だが、彼女の姿を敵の目にさらせば、飛んで火に入る夏の虫である。家族や近隣の人間も巻き込んでしまう。狭い屋内であれば、応援が来るまで一人で多数を相

手にできる。

（頼む。早く応援に来てくれ）

降矢は祈った。

これまで再三撃退された正命教は、今度こそ確実に的《ターゲット》を仕留めるべく選りすぐりの刺客を派遣して来るであろう。市中で派手なドンパチを繰り広げるとはおもえないが、どんな武器を用意しているかわからない。

それに対して降矢は飛び道具はおろか、身に寸鉄も帯びていない。代行業の業務範囲に警備も含めているが、銃刀法で禁止されている武器は一切携行できない。

降矢は非常事態に備えて、末広家の屋内外に消防法、その他関係法令、条例等に違反しない仕掛けや、防御装置《デバイス》を工作しておいた。そんな姑息な工作が凶悪な刺客集団を阻み通せるとはおもえない。

だが、効果の有無にかかわらず、あらゆる防御手段を駆使しなければならない。幸いに敵は裏手に隣接しているアパートに、降矢が護衛の橋頭堡《きょうとうほ》を築いていることに気がつかず、末広家の表側に兵力を集めて一挙に攻め込もうとしているようであった。

玄関に至る前庭の物陰に身を潜めた降矢は、接近した敵影を六個数えた。まだ背後の闇の奥に潜んでいるかもしれないが、とりあえず六人を凌がなければならない。

刺客陣を至近距離まで引き寄せる間、降矢は代行業がここまできてしまったことを、ふとおもった。

代行業を立ち上げたとき、こんな形にまで〝発展〟しようとは夢にもおもっていなかった。亡き妻の面影と瓜二つの志織の結婚代行を引き受けたときから、彼の代行業は脱線してしまったようである。

(いや、脱線ではない。これが本来の代行業の路線だ)

降矢は自分に言い聞かせた。

だれでもできるような代行であれば、真の代行業とはいえない。本人にもできないようなことを、本人に代わって行う。そこに代行業の真髄がある。

いま志織を護れる者は自分しかいない。本来、志織を護る者は彼女の夫である。その夫が挙式当日から失踪して、自分が夫の役を代行した。寝室こそ共にしていないが、求めれば彼女はいつでも寝室を共有《シェア》してくれるであろう。

挙式から夫役を代行したからには、彼女の危機が通り過ぎるまで代行し通さなければならない。それが代行業の使命である。

志織の夫役を代行している間に、降矢は使命感をおぼえるようになっていた。

閑静な住宅街の中に位置している末広家は、コンクリートの門柱に鉄製の両開き戸を中心にしてコンクリートブロック塀をめぐらしている。家屋は道路よりやや高い敷地に建てられ、門から玄関まで十段ほどの石段を上る。

彼らは用意してきた脚立《きゃたつ》を伝い、門内に侵入を始めた。その一瞬をついて、降矢は防御装置のボタンを押した。

爆発音と共に、閃光が走った。門を乗り越えかけていた攻撃隊は驚愕して、門内の前庭に二人、転がり落ちた。

そこに待ち構えていた降矢は、木刀でしたたかに二人を打ち据えた。二人の刺客は脛《すね》の骨をへし折られたか、ひびが入ったらしく、地面に這ったまま動けなくなった。

瞬時にして二人の戦闘能力を奪った降矢は、内側から門を開いて脚立を押し倒した。まだ脚立の上に居残っていた一人が、脚立もろとも地上に倒れた。そこに降矢の狙いすました木刀が打ち下ろされた。手首を打ち砕かれた一人は、苦痛の呻きを発して、手にしていた日本刀を取り落とした。

あっという間に半数の兵力をうち減らされた刺客陣が、構えを立て直せずにいる間に、門扉は閉じられていた。

門内には二人の刺客が取り残されている。

「敷地内に侵入したら、今度は本物の大砲をぶっ放すぞ」

降矢は門の外に向かって恫喝した。

だが、門以外のブロック塀の上に、すでに数人の敵影が覗いていた。降矢は敵の兵力を過小評価していたことを悟った。少なくとも十人はいる。うち三人を無能力化したとしても、あと七人残っている。一人では支えきれない。

蕗谷、佐枝、鵜飼、柘植、彼らの一人でもここにいればなんとか凌げる。早く来い。来て、おれを助けろ。降矢は心中に祈りながら、次の防御の手立てを考えた。


気配を察知したときは、敵はすでに事務所に侵入していた。同時に照明が消えた。スタッフのだれかが消したのである。シャッターを下ろした窓に阻止されて、外界の街灯を含むわずかな光も届かない。闇は勝手知ったるスタッフにとっては強い味方となる。我が砦《とりで》の内は、目をつむっていても勝手がわかる。

「命が惜しかったら我々のそばを離れるな」

蕗谷が植谷にささやいた。

植谷は大切な証人である。植谷が口を割れば、正命教の正体が暴かれてしまう。それを恐れて、彼らは強力な刺客集団を派遣して来たのである。

「ここで戦っても意味がない。ガレージに下り、車で強行突破して一気に末広家に突っ走ろう」

衆議一決した。

闇の奥に光点が点じて、ポンとなにかが弾けるような音がした。やはり飛び道具を持って来ている。銃声を消音装置で消している。

すかさず柘植が発射源に向かって手裏剣を打ち込んだ。押収されても銃刀法違反に問われないように先端が潰してある。光源にうめき声が湧いて、黒い影が床に這った。先端を潰してあっても、命中すればかなりのダメージがある。

「いまだ。行け」

蕗谷のゴーサインと共に勝手を知った屋内を走った。鵜飼の棒が旋回し、佐枝の身体そのものが効率のよい凶器となって暴れまわった。

闇の中で勝手の分からない刺客陣はたちまち浮足立った。同士討ちを恐れて飛び道具が使えなくなった。

敵の乱れを衝《つ》いて、植谷を囲んだスタッフはガレージに走った。

「殺すな。骨をへし折れ。目を抉れ。耳や鼻を削ぎ落とせ」

闇を味方にしたスタッフに、蕗谷がかけた声が刺客陣を恫喝している。自衛隊最精強、四人中三人がダイヤモンド（レーンジャー）バッジの取得者を揃えたスタッフ陣は、実戦で暴れまわる機会に水を得た魚のようになっている。蕗谷がかけた恫喝を実地にやりかねない勢いであった。

「撃つな」

蕗谷が制した。いつの間にか佐枝が敵から奪い取ったらしい拳銃を手にしている。

「威嚇射撃ならいいだろう」

佐枝は面白がって拳銃を振りまわしたが、引き金は引かない。威嚇射撃でも発射源に敵の銃火を集めてしまうからである。

鵜飼の棒と白刃がかみ合い、刺客の一人が手にした日本刀をはね飛ばした。それを床に落ちる前に蕗谷が摑み取った。

「急げ。遊んでいる閑《ひま》はない」

蕗谷の声が少し焦りを帯びていた。電話がカットされていても、これだけの騒ぎが警察に聞こえぬはずがない。警察が駆けつけて来れば事情聴取に時間を失い、志織を一人で護っている降矢に応援が及ばなくなる。

おそらく降矢も通信をカットされた状況の中で、スタッフの応援を待ちながら一人で戦っているにちがいない。蕗谷は警察の救援を信じていない。

さすがに選りすぐりの刺客陣らしく、蕗谷らスタッフにかきまわされながらも、次第に立ち直ってきている。彼らにガレージを目指していることを察知される前に、車を確保しなければならない。

「非常口を伝え」

事務所は一、二階にあり、彼らは二階にいた。ガレージは地下にある。事務所の一隅を、消防署の非常出場口を模倣した鉄の円柱が貫いている。すべり棒と称ぶ鉄柱を伝って一気にガレージに降下した。敵の目には一瞬にしてスタッフが二階から消えたように見えたであろう。

車のエンジンを始動すると同時に、柘植が「置き土産だ」と缶ビールを放り上げた。缶ビールと見えたのは催涙ガスを詰めた缶であり、着床すると同時にガスを噴き上げた。二階事務室になだれ込んでいた刺客陣は、刺激性の強い催涙ガスに巻かれて、激しく咳き込みながら噴き出した涙に視力を失い、暗黒の中で右往左往した。

遠方にパトカーのサイレンが聞こえた。ガレージのシャッターが開ききるのも待たず、スタッフと植谷を乗せたランドクルーザーは荒々しく発進した。阻止する者はいなかった。

降矢は屋内に入った。寡勢対多勢が広い環境で向かい合うと、寡勢は取り囲まれて袋叩きにされてしまう。降矢は志織の寝室がある二階に駆け上がり、階段の上に陣取った。狭い階段は一人ずつしか通れない。敵が何人いようと一対一で向かい合える。

刺客陣はいずれも屈強な兵隊を揃えているが、統率が取れていない。軍団としての訓練が施されていないことを、降矢は見抜いた。そこに我がほうのつけ込む隙があった。

敷地内に侵入した敵は、玄関口を押し破り殺到して来た。

「だれもいないぞ」

「二階だ。二階を捜せ」

一階を制した刺客集団は階段の上がり口に集まった。上がり口で一瞬ためらったが、騎虎の勢いで階段を駆け上がって来た。

下り口に待ち構えていた降矢は、その頭上からふわりとレースのカーテンをかけた。まさかそんなものがバリケードに利用されようとはおもってもみなかった刺客陣は、慌てて払いのけようとしたが、手足に絡みついて離れない。そこに駆け下りて来た降矢が木刀で一塊りになった刺客陣を打ち据えた。

先陣を切った一団は、カーテンに絡まったまま階段から転がり落ちた。打ち据えられて脳震盪《のうしんとう》を起こしたらしく、階段下にうずくまったまましばらく身動きできない。

「ふざけた真似をしやがって」

ようやく立ち直った後陣が、どこから引っぱりだしてきたのか、長い竹竿を突き出しながら階段を上って来た。もはやレースのカーテンでは防げない。

だが、竿を突き出した刺客陣の頭上から、異臭を放つ粘液がざざっと音をたてて浴びせられた。赤色のペンキであった。刺客陣は、目を塞がれ、呼吸が詰まり、足許が滑った。

そこに風を巻いて降矢の木刀が振り下ろされた。全身、朱に染まった刺客陣はあたかも真剣で斬られたように見えた。打ちのめされる前に床に流れ落ちたペンキに滑って転倒する者もいる。

「靴を脱げ」

靴底のほうが滑りやすいことに気づいた指揮者が叫んだ。靴を脱ぐと、確かに足に接地力《フリクション》が生ずる。

「相手は一人だ。かまわぬ。撃ち殺せ」

たまりかねたように、階段下から刺客陣の指揮者らしい声と同時に射線が走った。だが、同士討ちを恐れて照準が定まらない。降矢は階段の下り口で動けなくなった。

(なにをしている。早く来ておれを助けろ)

降矢は声なき声でスタッフたちを呼んだ。

降矢の抵抗にも限界がある。武装十分な刺客陣に対して、木刀しか持たない降矢の抵抗も、しょせん一寸逃れである。

気勢を取り直した刺客陣は、銃器の援護のもとにふたたび階段を上り始めた。そのとき寝室のドアが開いて、志織が顔を覗かせた。

「志織さん、出てはいけない」

降矢が押し止めようとすると、志織は、

「これ、お役に立たないかしら」

と言って、降矢に茶筒に似た容器を手渡した。降矢は容器の中身を確かめると、ためらわずに階段の上から中身を振りまいた。

階段途上の刺客陣は頭上からパラパラと降りかかる小粒の物質に不審の視線を向けた。今度はなにかという不安が目に塗られている。夥《おびただ》しい小粒の物質は頭や身体に当たると弾んで、階段に転がった。ほぼ同時に刺客陣の間から悲鳴があがった。粒状の物質は画鋲であった。

靴を脱いで無防備になった足の裏に画鋲は容赦なく突き刺さる。激痛に動転して、床についた掌や尻をさらに夥しい画鋲が突き刺した。降矢がばらまいた画鋲は、すでに振りまかれたペンキによって床に接着され、無数の鋭い棘《とげ》を剝きだしている。

「かまわぬ。火を放て」

指揮者がたまりかねたように命令した。ただ一人の護衛に、粒選りの刺客陣が翻弄されている。

刺客の一人がライターを手にして床に振りまかれたペンキに火を移した。可燃性のペンキは引火すると同時に炎の版図を拡げた。

降矢はペンキを振りかけたときからこのことを予測していた。階段下り口に用意しておいた消火器を取り上げると、ピンを抜いて、ノズルを炎に向けた。

たちまち白い細かな泡が筒先から勢いよく噴出して、あっという間に火を消し止めると同時に、刺客陣を脹れ上がる泡の中に埋めた。泡に溺れた刺客陣は、もがけばもがくほどに泡立ち、泡の海が膨張した。

だが、消火器が内容物をすべて噴出してしまうと、もはや降矢の手許に残された武器はない。数で圧倒している刺客陣が画鋲や泡踊りから抜け出して総攻撃をかけてくれば、降矢一人では護りきれなくなる。

(なにをしている。早く来てくれ)

降矢はスタッフに声なき声で呼びかけたが、志織の家族に託したSOSがスタッフに通じているかどうかの保証はない。警察の気配もない。

絶体絶命の窮地に追いつめられたとき、門の方角にけたたましいクラクションが聞こえた。降矢の耳に馴染みのある事務所のランドクルーザーのクラクションであった。

助かった。緊張が一気に緩んで、階段の上に座り込みそうになった。

「所長、遅くなりました。ただいまスタッフ一個中隊、現着。機動捜査隊も間もなく現着します」

門の前から蕗谷の蛮声が轟《とどろ》いた。

降矢一人にすら手こずっていた刺客陣は、スタッフ一個中隊、および機動捜査隊が駆けつけて来ると聞いて、とうてい勝ち目はないと判断したらしい。「引き揚げ」の指揮者の一声と同時に、ダメージを受けた仲間を助けながら潮が退くように退散した。

蕗谷以下、スタッフが追撃しようとしたとき、

「やめろ。これ以上叩いても意味はない。やつらは命じられたことをしただけだ。なにも知らない」

降矢が制止した。一応、降矢の言葉に従って踏み止まったものの、四人の面にはありありと不満の色が塗られていた。せっかく射程に入れた獲物を、手を拱《こまね》いて逃げるに任せる狩人の不満である。

だが、彼らを野性の迸《ほとばし》るままに放置すれば、なにをするかわからない。破壊の能力を国家に訓練されながら、封印した欲求不満を解き放てば止まるところを知らないであろう。

降矢自身が封印された破壊能力をたくわえているだけに、スタッフたちの欲求不満がよく

わかるのである。

カルトに対抗する家族や民間の団体は、カルトが反社会的であればあるほど戦闘集団と化していく。それでなくても、スタッフは国家の暴力装置、自衛隊最精鋭であった。戦闘集団として国家的な訓練を受けて、すでに完成されているといってもよいであろう。

降矢は自ら、その指揮者となっている。そのことの危険性をいま改めて実感した。

ようやく遠方にパトカーのサイレンが聞こえた。現場は惨憺《さんたん》たるありさまであったが、人身の被害はない。

刺客陣が退散すると同時に、志織が降矢の腕の中に飛び込んで来た。降矢が彼女の熱く柔らかい身体をがっしりと受け止めたとき、階段の下方から、

「ようよう、ご両人」

と蕗谷以下、スタッフの蛮声が湧いた。

だが、志織は降矢に抱きついたまま離れようとしない。

「遅いぞ。あと一分遅れていれば、こんなホットシーンは君らに見せられなかった」

降矢は照れ隠しに叫び返した。

「我々もお二人のお熱いシーンを見たくて、精一杯早く駆けつけて来たのです」

柘植がまぶしげな目を向けて言った。

「その男、たしか三人組の一人ではないか」

降矢はスタッフが連行している植谷に目を向けた。

「こちらへ駆けつける前に、彼が事務所に保護を求めて来たのです。追手を振り切るために時間がかかりました」

蕗谷が植谷を保護した経緯を手短に報告した。

植谷を志織と降矢救援の現場にまで連行して来た事実によって彼の証人としての重要性が実感をもって迫った。

欠場した接点

刺客陣は悉く撃退され、植谷の身柄を確保された正命教と、加倉井一進の狼狽ぶりが目に浮かぶようである。

だが、この夜の志織、および事務所の同時襲撃が正命教や加倉井の手の者であるという証拠はない。刺客を捕虜にしても、おそらくその派遣者との間は絶縁されているであろう。刺客陣はトカゲの尻尾にすぎない。

降矢は保護を求めて来た植谷を、いま警察に委ねるべきか、あるいはあくまで自分たちの手で保護すべきか、判断に迷った。

いまの状況では警察も全面的に信用できない。警察に引き渡しても、保釈中の身許引受人の村住弁護士の手に渡されてしまえば、降矢のスタッフが命懸けで保護した意味がなくなってしまう。

「お願いです。当分の間、私をかくまってください」

植谷も警察に託されることに不安を抱いている。そして、警察としては、身許引受人に引き渡すのが当然の対応であろう。

「当分の間、我々の手で保護しよう」

降矢は決断した。スタッフ一同も降矢の決断に賛成である。

間もなく現着した警察から事情を聴かれたが、正命教の手先と見える集団に襲撃を受けたと申し立てただけで、植谷については問われたことにだけ答えた。

人身の被害はなかったが、閑静な住宅街の市民の家に、夜中、正体不明の集団が殴り込みをかけ、銃器まで発射しているところから、警察は事態を重くみた。

特にターゲットにされた末広志織は、過去、何度も動機不明の襲撃や、バスジャック事件に巻き込まれているので、警察の事情聴取は護衛の降矢以下、スタッフを含めて綿密に行われた。

屋内の検証によって、二発の拳銃弾が採取、保存された。

志織や降矢らは、襲撃集団の派遣者は正命教であると申し立てたが、動かぬ証拠はない。降矢らと共に現場にいた植谷が、正命教から追われて降矢の事務所に逃げ込んだと申し立てたが、それは彼の一方的な供述であり、正命教が追跡したという確証にはならない。

だが、バスジャック事件の容疑者として逮捕され、保釈中の植谷が襲撃現場にいたという事実を、警察は重視した。

末広志織襲撃事件は速やかに棟居の耳に聞こえた。

またしても末広志織が被害者であり、彼女のボディガードを務める降矢代行事務所が襲撃集団を撃退した。しかも、バスジャック事件容疑者で保釈中の植谷栄司が、現場に居合わせたと聞いて、棟居は正命教がついにその暴力的体質を明らかにしてきたことを実感した。

棟居は連絡を受けると同時に、大城刑事と共に襲撃現場の末広家に駆けつけた。現場には所轄署員が臨場して、現場検証と共に、被害当事者から事情聴取をしていた。

屋外から見た限りは異常はないが、玄関から一歩屋内に入ると、惨憺たる状態になっていた。特に二階に連絡する階段と、その周辺が凄まじい。赤いペンキが血飛沫《ちしぶき》のように振りまかれ、家具・什器《じゅうき》が散乱し、消火剤の泡が消え残っている。

「足許に気をつけてください。床に画鋲が散らばっています」

棟居を見た顔馴染みの所轄署員が注意した。消防署員も臨場している。

棟居はすでに面識のある末広志織や、降矢らと再度顔を合わせた。所轄署の事情聴取が終わるのを待って、棟居はまず降矢から事情を聴いた。襲撃の間、末広志織はほとんど寝室の中に閉じこもっていたと聞いたからである。

「襲撃者は正命教の手の者と言われましたが、なにか根拠はありますか」

「襲撃集団は私の事務所と末広さんの家の二手に分かれて、ほとんど同時に襲って来ました。末広さんと植谷さんの二人に脅威をおぼえている者は正命教と、教団に深いつながりをもっている政治家以外にはありません」

降矢は政治家の名前は口にしなかった。言わなくともわかる名前である。

「襲撃集団の中に見知った顔はありましたか」

「ありませんが、正命教は教団内に実力部と称ぶ軍事力を養っているそうです。実力部の中に手足の骨を折ったり、打撲傷を負っている者がいれば、彼らの仕業にまちがいありません」

「手足の骨を折るほど痛めつけて、生け捕りにはできなかったのですか」

「応援が駆けつけるまで、私は一人でした。生け捕りにするどころか、私が生きていられたのが不思議なくらいですよ」

「襲撃集団を実力部と見当をつけた理由は？」

「植谷さんが言いました。襲撃集団の中に実力部の信者がいたような気がすると。それだけではありません。彼らは同じにおいがしましたよ」

「同じにおい……」

「植谷さんの身体に沁みついている香のにおいと同じにおいです。いまにして蓼科の合宿や、バスの中でも同じにおいを嗅いだような気がします。植谷さんに聞いたところ、正命教では気分けと称する集会で、独特の香を炷《た》くそうです」

同じことをスタッフの柘植以下も供述した。

香について植谷に確認すると、気分けの集会で炷く香のにおいを嗅ぐと、とてもよい気分になり、上級の者が説く正命教の教義こそ唯一絶対の真理であるという説教を、なんの抵抗もなく受け入れられると言った。一種の催眠誘導薬のような香なのであろう。

「もう一つお聴きしますが、あなた方はバスジャック容疑者の一人である植谷を、彼の言葉だけを信じて、なぜ事務所に入れたのですか」

と棟居は問うた。志織を狙った敵の一人であり、もしかすると罠かもしれないと言外に言っている。

「植谷さんが事務所に駆け込んで来たときは、私は末広さんの家にいました。スタッフが私の指示を仰ぐ前に追手が襲撃して来たのです」

「なるほど。しかし、植谷が手引きしたかもしれないでしょう」

「スタッフは咄嗟に植谷さんがバスジャックの生き証人になるとおもったのです。私も同感です」

「だったら、なぜ警察に行くように言わなかったのですか」

「警察に行く前に追手に捕まれば、貴重な生き証人を失ってしまいます」

「それだけではないでしょう」

「それだけではないというと……」

「警察を信用していなかったのではありませんか」

まさにその通りであったが、降矢は答えなかった。棟居と向かい合って、彼ならば信じられそうな気がしていたからである。

「私の一連の事件に対する仮説は、岡野君を通してすでに伝わっているとおもいますが、奥多摩で末広さんと沼津さんの車が接触した対向車の中には、島崎賢一さん以下三人の同乗者がいたとおもいます。その同乗者の一人は加倉井弘文ではないかと推測したのですが、棟居さんはいかがお考えですか」

と、さりげなく問いかけた。

「加倉井弘文……加倉井一進先生の息子が」

一瞬、棟居の目がぎらりと光ったようである。

「降矢さん、あなたはその推測をだれかに話しましたか」

「岡野君に話しました」

「ほかには？」

「岡野君と棟居さんだけです」

「それがいい。まだ降矢さんの胸に畳んでおいてください」

棟居は念を押した。

降矢の推測が、どんな重大な結果を引き出すか予測しているような表情である。降矢は、棟居も同じ推測をしているような気がした。

「警察を信じて、植谷の身柄は我々に引き渡してください。今日はとりあえずこれまでにしますが、くれぐれも慎重に行動してください。正当防衛の証明は時間がかかるし、難しい。過剰防衛と紙一重です」

棟居は釘を刺した。

現場の惨状は、降矢がどんなに暴れたか如実に物語っている。もし襲撃者側に死者でも出ていれば、正当防衛の証明は襲撃側の言い分によってはかなり難しくなるであろう。

その後、志織も事情を聴かれたが、あらかじめ降矢に言い含められていた通り、寝室に隠れていたのでなにも知らないと答えた。もちろん降矢に画鋲の缶を渡した事実も黙秘した。

正当防衛が成立しない場合、彼女を共犯者にしないための備えである。

大規模な襲撃をとにかく凌いで、志織を護り通した。この夜を境に、彼らは依頼人と代行人の関係から、死線を共に越えた戦友になった。

実際、志織が画鋲の缶を渡してくれなかったら、どのような展開になったかわからない。彼女の画鋲のおかげで、スタッフの応援が間に合ったのである。

スタッフの判断もよかった。植谷に保護を求められ、事務所で追手と戦っていたら、孤軍奮闘の降矢も力尽き、志織もそれまでであったはずである。

そのように考えると、棟居が言ったように、植谷はスタッフの応援を封じ込めるための囮であったとも考えられるのである。襲撃集団が正命教の手の者という確証はないが、警察の心証も正命教に対して容疑濃厚になっている。

棟居から釘を刺されたが、降矢代行事務所の行動力は警察に強く印象づけられたにちがいない。民間の零細代行業が、いまやグローバルな巨大新興教団を相手に、何度も苦杯を舐めさせ、確実に追い込んでいる。教団が実力部を送って来たところを見ても、彼らの焦りがわかる。

教団にしても脅威を取り除こうとして、大きな兵力を動かせば動かすほど、自ら墓穴を掘るようなものである。むしろ、脅威を無視するほうが教団にとって安全であるのに、疑心暗鬼に駆られて教団を取り巻く状況を悪化させている。そのことがわからないほど視野が狭くなっているのであろう。バスジャック事件に重ねての集団襲撃は、教団自ら状況（間接）証拠を提供したようなものである。

これだけ状況証拠が重なれば、警察としても黙視していられなくなる。

襲撃を辛うじて凌ぎ、志織を護り通したが、際どいところであった。今回の警備には反省すべきことが多い。降矢はスタッフを呼び集めて反省会を開いた。

「最も反省すべき点は、私一人で志織さんを警護しようとしたことだ。せめて君らスタッフのだれか一人でも同行していれば、あんな際どい警護にはならなかったはずだ。私自身、反省している」

と、まず降矢が言った。

「我々も反省しています。所長《ボス》が無用と言っても、だれか一人、同行すべきでした。なんとなく野暮ったくおもわれそうな気がしましたので」

蕗谷が言った。

「それはどういうことだね」

降矢が問い返すと、

「所長はすでに新郎代行ではありませんからね」

鵜飼が代わって答えたので、一同がどっと沸いた。同席していた志織が頬を染めている。言われて、降矢も志織と二人きりになりたくなっていた心理に気づいた。

「仕事と私情を混同してはいけないな。以後、気をつける」

降矢は素直に謝って、

「棟居刑事からバスジャック容疑者の一人である植谷を、彼の言葉を鵜呑みにして、なぜ事務所に入れたかと問われたとき、おもわず冷や汗をかいた。確かに彼の言葉を鵜呑みにしたのは軽率だった。

間もなく追手が来るのが嘘でない証拠だと植谷は言ったが、彼が追手の手引きをしたのかもしれない。事実、我々が回避する間もなく、追手は事務所に到着していた」

降矢は蕗谷から聞いた場面を復唱した。スタッフは頷いた。

「棟居刑事から警察を信用していなかったのではないかと詰問されたが、そんな気がないでもなかった。同時に、警察も我々を全幅には信用していない。このところ、島崎氏の失踪以後、一連の事件のすべてに顔を出している我々を胡散臭くおもっていることは事実だ。バスジャック事件にしても、危うく我がほうが加害者にされかねない場面もあった。棟居刑事が我々に事情を聴いたとき、『くれぐれも慎重に行動するように。正当防衛の証明は時間がかかるし、難しい。過剰防衛と紙一重だ』と言った言葉を、スタッフ各位は改めて胸に刻んでもらいたい」

降矢が制止しなければ、襲撃集団を袋叩きにしてしまったかもしれない。加害者側に死者の一人でも出せば、過剰防衛となるであろう。

降矢は追撃を制止したときの四人の面《おもて》に塗られた不満の色に危険をおぼえた。棟居も彼らに暴発の危険性を察知したので、警告を発したのであろう。

降矢は敵の危険の前に、まず身内のスタッフの危険性をコントロールする難しさを実感した。

代行業の原点はクライアントの意思に添うことである。クライアントの意思を超えて暴走すれば、代行ではない。また、クライアントの意思に添ったとしても、反社会性があってはならない。

危険なクライアントは不法と合法の境界線上に依頼をしてくる。このようなきな臭い案件を代行すると、無意識のうちに境界線を越えてしまうことがある。代行業が抱える危険である。降矢代行事務所が有名になればなるほど、きな臭い代行依頼が増えてくることは否めない。

降矢は最近、多種多様な案件に人生を代行しているような意識が強くなってきていた。

本来、人生は代行できるものではない。人間の身体は精神を盛った器である。器が壊れれば、魂は宙をさまよう。器が壊れてしまった人に代わって器を提供してやることはできない。

だが、医学が長足の進歩を遂げて、壊れた自分の個体（器）に他人の臓器や骨髄や、網膜や血管などを移植できるようになった。これも一種の人生の代行である。人生の代行範囲が広く、大きくなればなるほど、境界線を踏み越える危険度も高くなる。

スタントマンの代役も危険ではあるが、人生の代行とは危険の種類が異なる。当初は各種イベントや冠婚葬祭の代行業として気軽に始めた仕事ではあったが、次第に重くなり、質量ともに危険性が増えてきている。それだけ責任も加重されている。

降矢はまた一つ、覚悟を新たにした。


時を同じくして意外な情報が、意外な方角から棟居の許に届けられた。

「先日、刑事さんからおばの古希祝いの席でなにか印象に残るようなことはなかったかと聞かれて、会場をまちがえたらしい人が慌てて出て行ったという話をしましたが、その人を見つけましたよ」

と棟居を指名して電話してきた通話者が言った。

「君は兼松君だね」

棟居は大庭くのの甥、兼松孝次をおぼえていた。おばに庇われておかまいなしとされた、老女襲撃の模倣犯（未遂）である。

「はい、そうです。その節はお世話になりました」

口のききかたも折り目正しく、どうやらまともに生きているらしい。

「理髪店にあった週刊誌で偶然見かけたのですが、正命教という新興宗教の教主・聖命という人です。その教主がおばの古希祝いにまちがって入場し、慌てて出て行った人です」

「正命教の教主、聖命……まちがいありませんか」

「まちがいありません。特徴のあるイケメンでしたから」

兼松の口調には自信があった。

「有り難う。よく報《しら》せてくれたね」

棟居は礼を言って電話を切った。

棟居は兼松が提供してくれた情報《タレコミ》の意味を考えた。

聖命が大庭くのの古希祝いにまちがって入場したということは、当日、同じ会館で開かれていた別の会に来たのであろう。聖命が偶然同じ日に、同じ会館に行き合わせたとしても異とするに足りないが、気になった。

兼松は、聖命が慌てて会場から出て行ったと言ったが、まちがえて慌てたのか、まちがえて踏み込んだ会場に顔を合わせたくない人間がいて慌てたのか、あるいはその双方であったかもしれないと考えた。

大庭くのの会の出席者は四十三名と記録に残っているが、誤入場して会いたくない人間と顔を合わせる確率は四十三分の一となる。会場の接遇《アテンド》をしていた従業員を加えると、その確率はさらに低くなる。

棟居は兼松に問うた質問を想起した。「瑠璃さんと特に親しそうな人はいなかったか」と問うた。

その時点では特におぼえていないと兼松は答えたが、棟居の質問が彼の意識に残って、降矢瑠璃と特に親しげな人間をイメージしたのではなかったのか。そのとき誤入場した聖命が、瑠璃と既知の関係のように兼松の目に映ったのかもしれない。

開宴直後の会場で、出席者はほとんど席につき、最も目立つ者は立っている司会者・降矢瑠璃であろう。誤って別の会場に踏み込んだ聖命と、瑠璃が顔を合わせた可能性は出席者よりも高いといえるであろう。

棟居はその場面を想像してみた。聖命がその会場で最も顔を合わせたくなかった人物は、降矢瑠璃ではなかったのか。

速やかに煮つめた推測を、棟居は兼松をコールバックして確かめてみた。

「聖命がまちがって会場に入り込んで来たとき、司会の降矢瑠璃さんと顔を合わせて、慌てて出て行ったのではないのかね」

「そう言われてみれば、教主は降矢さんのほうを見て、ぎょっとなったように棒立ちになってから、逃げるように出て行きましたよ」

「そのとき降矢さんはどんな表情をしていたか、おぼえているかね」

「降矢さんも驚いていたようでした」

棟居に問われて、兼松はその場面をさらに具体的におもいだしたようである。

聖命と降矢瑠璃の間には、すでになんらかの接点があったと、棟居は確信した。どんな接点か、まだ不明であるが、会館のロビーマネージャーと、当時、先代教主の養子となって頭角を現わし始めていた聖命との間に、なんらかのつながりがあったとしても不思議はない。

棟居は早速、降矢瑠璃の生前の職場に出かけて行って、大庭くのの古希祝いの当日、ほぼ同じ時間帯に行われていた集会、イベント、冠婚葬祭、会議などについて問い合わせることにした。まだ自分の憶測にすぎないことなので、一人で行くことにした。

会館は当時の記録をコンピューターに保存していた。

プリントアウトされた実件(過去実施された各種集会やイベント)リストの中から、一件の会合がクローズアップされたように浮かび上がった。

それは「大場《おおば》隆《たかし》氏の還暦《かんれき》を祝う会」である。大庭くのの古希と、大場隆の還暦の会がほぼ同時刻、同じ会館で開かれていたのである。

出席者数約二百名、大庭くのの約五倍である。出席者の中には棟居も名前を知っている著名人もいて、かなりの有力者のようである。

聖命は大場隆の還暦の祝いに出ようとして、誤って大庭くのの古希の祝いの会場に入り込んでしまった。そこで降矢瑠璃と顔を合わせたのかもしれない。

「この大場隆氏の還暦祝いの出席者リストは保存されていますか」

棟居はさらに問うた。

大庭くのの出席者リストは自由席であったので保存されていなかった。

「テーブルプランが保存されています」

「それを見せてください」

テーブルプランの記録が差し出された。数年前の古い記録でもあり、棟居の捜査一課の肩書が効いている。

「福永聖命様は欠席されています」

棟居の視線が固定した名前に気づいたらしい社員が答えた。

「欠席した……テーブルプランに名前が記入されていますが」

「出席者は○印がつけられています。福永様には○印がついていないので欠席されています」

「なぜ欠席したのですか」

「さあ、そこまでは我々にはわかりかねます。急用が生じて、やむを得ず欠席なされたとおもいますが」

「この大場隆という人はどんな人ですか」

「お客様受付簿の記録によりますと、当時は、大場私立病院の理事長兼院長先生でした。いまでもお元気で、院長職はご子息に譲られ、理事長をされていらっしゃるとうかがっています」

社員の言葉を聞いて、棟居は聖命が会場をまちがえた先で出会いたくない相手と鉢合わせして、逃げたとおもった。

別の会場であっても、同じ会館の中では再度顔を合わせる虞がある。その危険を避けるために、出席通知を出していた大場隆の還暦祝いを欠席して逃げたのである。

彼が鉢合わせした会いたくない相手が降矢瑠璃とは確認されていないが、棟居の意識の中では、この推測が凝縮していた。

先入観を戒めたが、大庭くの関係の出席者はほとんどその一族であり、聖命と交わる者がいない。一族以外の者は降矢瑠璃以下、会館の従業員である。そのアテンダントもほとんどが派遣であった。瑠璃はその後間もなく殺害された。

聖命と降矢瑠璃の接点を捜す必要がある……棟居は次第に方向性をもってくる自分の推測を見つめた。聖命と瑠璃の接点が、本件以下、一連の事件に関わっているような予感がしきりにしている。

棟居はとりあえず自分の発見と推測を、所轄署の大城に伝えた。大城も棟居の推測に共鳴した。


棟居は降矢から身柄を預かった植谷に事情を詳しく聴いた。彼は教団の上級者から末広志織が講師として参加する合宿の最終日前夜に、他の参加者に喧嘩を売るように、また奥多摩ハイキングではバスジャックの手伝いをするようにと命じられたことを自供した。

なんのためにそんなことをするのかと植谷は問うたが、理由は告げられず、

「命令を実行することが教義に適い、世界の衆生を救済する神意に添うものである」

と言い渡されたという。

だが、バスジャック後逮捕され、保釈された後、教団の監視が厳しくなり、一挙手一投足を見張られているようで怖くなり、降矢の事務所に逃げ込んだということであった。

植谷の関与した事件は、蓼科合宿での偽装喧嘩と、バスジャック事件だけであるが、彼は使い走りにすぎず、彼の証言だけでは正命教に迫れない。保釈中の植谷を警察が保護しているわけにはいかない。

「いったん、村住弁護士の許に帰りなさい。保釈中に勝手な行動を取っていると、保釈が取り消され、勾留される。警察が目を光らしている君に手を出す者はいないよ。そんなことをすれば、正命教が自ら墓穴を掘るようなものだ」

棟居は植谷に勧めた。

植谷は村住の許へ帰ることを怖がったが、棟居が「君の安全は保障する」と約束したので、しぶしぶ腰を上げた。

植谷を弁護士の許へ送り届ける前に、棟居はふとおもいたって、大場病院の大場隆理事長を知っているかと問うた。

「知っていますよ。動物病院の院長先生でしょう」

「動物病院……」

「はい。獣医の名医です。私の家の猫も時どき診てもらっています」

大場隆は獣医であったのか。

「自費で野良猫の手当てや避妊手術もしています。一時期、野良猫の首斬りが流行ったとき、大場先生が手当てをして助かった猫もいましたよ」

「大場先生は正命教の信者なのか」

「信者ではありませんが、正命教が支援母体になっている加倉井先生と親しいようです」

「民友党のボス加倉井一進だね」

「はい、加倉井先生は大の猫好きで、大場病院が愛猫のかかりつけでした」

「芙蓉会館の社員、降矢瑠璃という女性を知っているかね」

「ふるやるり……いいえ、知りません。だれですか、その女性は」

「いや、知らなければいい」

植谷から聴くべきことはすべて聴いた棟居は、立ち上がった。

猫の救命者

二手に分かれての襲撃をはね返された正命教の衝撃は深刻であるはずである。

間もなく岡野から報告がきた。

「植谷は村住弁護士の許に帰された。捜査本部の事情聴取を受けた植谷に、今後、正命教が手を出すことはないだろう。そんなことをすれば、正命教は自縄自縛《じじようじばく》だ。だが、植谷は使い走りで、証人としての価値は低い。植谷の証言によって正命教や加倉井に王手をかけるのは無理だろうね」

と岡野は悔しげに言った。

「そんな証拠価値の低い証人を、なぜ正命教は追ったんだ」

降矢は問うた。

「追手ではなかったんだよ」

「追手ではなかった？」

「ターゲットの末広さんにはあんた一人がついていた。一人でも手こずるのに、一騎当千のスタッフが駆けつけて来たら返り討ちに遭う。事実、その通りになってしまったが、あんた方が植谷の追手とおもった襲撃部隊は、スタッフを阻止するためだったんだ。そこに恐怖に駆られた植谷が転がり込んで来たというわけだ」

「そういうことだったのか」

降矢はスタッフの応援が別動隊に阻止されて救援が遅れた場面を想像して、改めてぞっとした。だが、別動隊を繰り出してまで志織を狙うということは、彼女がそれだけ脅威になっているのであろう。

それにしても、彼らの執念深さは異常である。いかに加倉井の政治的庇護を受けて巨大化したとはいえ、加倉井の弱みがそのまま正命教の弱みというわけではない。へたをすれば、教団の命取りになる襲撃を執拗に繰り返すのは、なぜか。もしかすると、志織は加倉井だけではなく、正命教自体の脅威であるのかもしれない。

降矢は、ふと走った連想を凝視した。志織が正命教、もしくは聖命自身の脅威であれば、実力部まで動員しての執拗な襲撃もうなずける。もしそうだとすれば、志織は本人が意識せずに正命教の致命的な弱みを握っているのであろう。

これまで何度も志織に問うてはいるが、それは主として加倉井に対する脅威で、正命教は加倉井の道具としての見方《アングル》であった。

降矢には手応えでわかる。依頼された襲撃と、当事者の自発的襲撃は手応えがちがう。

たしかに加倉井の依頼もあるであろう。だが、何度か干戈《かんか》を交えている間に、当事者本人の意志による襲撃の手応えが伝わってきた。

正命教は教団、あるいは聖命自身を守るために、志織をつけまわしている。そこに加倉井の依頼が重なったと見るべきではないのか。

志織と正命教の直接の関わりはない。雑誌記者時代も正命教に取材したり、教団に関する記事を書いたりしたことはないという。

ここまで思案をめぐらした降矢は、瑠璃が志織と間違えられて誤殺されたのではないかと考えたことをおもいだした。誤殺の可能性は依然として彼の意識の中にくすぶっている。だが、連続老女襲撃事件中、ただ一人殺害された北沢うめの事件当夜より一年前、大庭くの古希祝いより半年後に瑠璃は殺害されている。北沢殺しの犯人が犯行当夜以前に瑠璃を誤殺するはずがない。

とすると、瑠璃は別の事件に関わった志織と間違えられて誤殺された可能性も考えられる。

別の事件とは正命教がらみである。犯人は瑠璃を殺害した後、誤殺であったことに気がつき、照準を志織に定め直した。

瑠璃が殺害された当時、志織は意識せずに正命教に関わっていなかったか。

降矢は改めてそのことを志織に問いただした。だが、志織は、

「当時正命教は聖命を二代目に迎えて教勢を飛躍的に拡大していましたが、胡散臭さがつきまとい、私は近寄りませんでした」

と答えた。

「教団ではなく、その教祖というか指導者の一命、あるいは聖命と関わりをもったことはありませんか」

「ありません。正命教関係と接触したのは、奥多摩の無医村の神様取材のときです。それもその時点では接触車に乗っていた人物がだれか知りませんでした」

「福永一命や聖命と個人的に関わったことはありませんか」

「ありません」

そこまで質問をつづけた降矢は、ある可能性におもい当たってはっとした。

瑠璃が一命や聖命と個人的に関わった可能性が残されている。つまり、個人的な動機から、誤殺ではなく、瑠璃本人を最初から狙ったのかもしれない。

もしそうだとすれば、瑠璃から発する脅威はその時点で取り除かれているはずである。にもかかわらず、志織を執拗に襲いつづけている。襲撃を重ねる都度、正命教は自らの首を絞めていく。

降矢はその疑問を志織に告げて、彼女の意見を問うた。

「奥様が彼らの脅威だったことはまちがいないとおもいます」

「では、なぜ、その後も執拗に志織さんを襲いつづけたのかな」

「犯人は奥様を殺害した後、私を見て、幽霊でも見たように驚いたのでしょう。そして、奥様から感じた脅威をそのまま私に移したのよ。奥様が見たか知ったかした、犯人にとって致命的な弱みは、実は私に見られたか、知られたのではないかと疑心暗鬼を生じたのでしょう。疑い始めると際限もなく不安になり、奥様を私とまちがえて手を下したとおもい込んだのかもしれない。犯人が私の存在を知ったのは奥多摩の接触、あるいはそれ以後でしょうね。つまり、犯人一味にとっては、私は二重の脅威になっているのでしょう」

「どうやら全体の絵柄《ピクチャー》が見えてきた気がします。襲撃の動機が個人的に発しているとしたら、どんなことが考えられるかな……」

降矢は志織の分析にうなずいて宙を睨んだ。

瑠璃が無意識に見たり知ったりした犯人の個人的弱みがおもい浮かばない。当時、大きな事件や事故が発生していれば報道されているはずである。もし彼女がその現場に行き合わせて目撃していれば、なんらかの行動を起こしたか、あるいは降矢に告げているはずである。だが、降矢には記憶がない。

「当時の報道を調べてみましょうか」

だが、瑠璃が殺害された当時、特に殺害以前には、正命教や一命、聖命、また加倉井父子が関わっているような事件、事故、災害は報道されていない。

当時のマスコミ機関の報道をいくら検索しても引っかかってくるものがない。あるいは報道されず、地下に秘匿されてしまったのかもしれない。

降矢はあきらめきれず、検索を繰り返した。

何度か反復する間に、意識に触れたものがある。瑠璃が殺害された少し前、主として野良猫が鋭利な刃物で斬られるという事件が頻発している。外に出て被害に遭った飼い猫もいる。被害猫を治療して命を救った大場私立（動物）病院の記事があった。

なにげなく第一読は読み流したが、繰り返し読む間に、斬られて虫の息になっていた猫を病院に運んで来た匿名のＯＬの記事が引っかかってきた。

その被害猫は手当て虚しく死んだ。

病院側は彼女の名前と住所を問うたが、秘匿したという。

その記事が降矢の意識に引っかかったのは、大場動物病院の近くに瑠璃が通勤途上、時どき通っていた英会話教師の家があったからである。すでにその教師は本国に帰ったが、もしかすると瑠璃が退社後、英会話教師の家に立ち寄る途上、猫斬りの現場に行き合わせ、斬られた猫を近くにあった大場病院へ運んだのではないか。

病院から氏名、住所を問われて秘匿したのは、彼女が犯人を目撃したので、関わり合いになるのを恐れたのであろう。

瑠璃が猫の一件を降矢に黙っていたのは、夫の性格からして、彼が犯人の追及を始めて、巻き込まれるのを恐れたからかもしれない。

降矢は動物病院に被害猫を運び届けたOLが、瑠璃のような気がしてきた。だが、瑠璃の安全確保策も虚しく、犯人は目撃者の氏名、住所を探り出した。瑠璃が狙われていることを知っていれば、志織を護り抜いたように、降矢は全力を尽くして妻を護ったであろう。

瑠璃が一言でも漏らしてくれれば、彼女の悲劇は防げたかもしれないとおもうと、口惜しさに全身が震えた。

(瑠璃、許してくれ)

降矢は亡き妻に詫びた。だが、犯人は瑠璃の命を奪っただけでは飽き足りず、自己保身のために志織に鉾先を向けている。志織の襲撃をつづけている事実が、瑠璃の命を奪った犯人である証拠といえよう。

降矢は、すでに猫斬り魔を、妻を殺害した容疑者の最前列に据えていた。

降矢は自分の着想を、岡野を介して棟居に伝えた。

岡野から降矢の着想を伝えられた棟居は、勇躍した。

兼松のタレコミによって導き出した降矢瑠璃と福永聖命の接点が、降矢の着眼によって裏づけられた形である。

聖命は誤入場した大庭くのの会場で瑠璃を発見した。まだこの時点では聖命を猫斬り魔とは断定できないが、その後の瑠璃の殺人被害と、末広志織の度重なる襲撃を考え合わせると、動機として猫斬りが浮上してくる。

聖命に動物虐待の性癖があったことが証明されれば、彼は一連の事件の犯人適格条件を備えることになる。

棟居は聖命の兄・加倉井弘文が大学時代、動物研究会に所属していた経歴に注目した。聖命の生家、加倉井家は動物が好きで、犬や猫を飼っていたという。失踪した島崎賢一の飼い猫の実家も加倉井家であった。

加倉井家の次男であった清、後の聖命は、動物に対してコンプレックスを持っていたかもしれない。

棟居は正命教に王手をかける時機が迫った気配を悟った。

だが、捜査会議は紛糾した。

「そんな黴《かび》の生えた殺しを本件に結びつけるのは乱暴というほかはない。だいたい大昔の猫斬り魔を福永聖命と断定する根拠が薄い。百歩譲って、猫斬り魔を聖命と仮定しても、その現場を目撃したOLと末広志織が瓜二つであったので、聖命が疑心暗鬼に陥り、末広を執拗に襲っているという想定は、まったくナンセンスである」

会議の冒頭から山路が激しく棟居説に反駁した。山路の反駁は予想されていた通りであった。

「聖命が末広志織を執拗につけ狙っているのは、単なる疑心暗鬼ではありません。奥多摩で末広が乗っていた車に、犯罪容疑車両の接触が重なっています。その接触後、末広と同乗していた沼津カメラマンの轢過死も、聖命らの犯罪車両の容疑を濃厚にしています。その後連続した研修所襲撃事件、バスジャック事件、最近の末広志織の自宅襲撃事件の実行部隊も、その直前、降矢代行事務所に保護を求めて来た正命教信者・植谷栄司の証言によって、正命教の手の者と断定してまずまちがいありません。

末広が乗っていた車に接触した犯罪容疑車両には、加倉井弘文が同乗していたと推定されます。聖命は弘文の実弟であり、二人の実父である加倉井一進と正命教の深いつながりは周知の事実です。私は福永聖命、および加倉井弘文の任意同行要請を提議します」

棟居は強く主張した。

「すべて推測ではないか。なにも証拠はない」

「状況証拠はほぼ出揃っています。動かぬ証拠をつかむためにも、まず任同を求めて事情聴取をする必要があります」

「切り札もなく、へたに任同を求めてみろ。相手は加倉井一進だ。叩き潰されるぞ」

両者共に相譲らなかった。那須が二人の間に入る形で発言した。

「状況証拠は出揃っているようだ。だが、いまの時点では事情聴取には早い。正命教の別動隊が降矢エージェントによってかなり痛めつけられたようだから、まず正命教を内偵しよう。該当日に複数の負傷者が出ていれば、末広家の襲撃は一味の犯行と断定できる。併《あわ》せて福永聖命の動物コンプレックスを確認したい。

そもそも正命教が浮上したのは、失踪した島崎賢一の飼い猫からだった。なにか因縁が感じられる」

結局、那須の言葉が結論となって、任意同行の前提として内偵が決議された。

「相手は信者百万を誇る巨大宗教法人だ。政権党の大物・加倉井一進もついている。内偵はプライバシーに触れやすい。くれぐれも慎重に行動するように」

と那須は会議を結んだ。

捜査の進捗状況は岡野から降矢に伝えられていた。福永聖命と加倉井弘文の任同要請提議は降矢の着眼に基づいている。降矢は捜査状況を知る権利があるとおもっている。捜査の状況が降矢に伝わると知りながら岡野にリークしてくれたのは、棟居の厚意であった。

これまで捜査が膠着する都度、降矢のタレコミや着眼によって、新たな局面を開いている。棟居にとっても降矢はいまや重要な情報源となっているのである。

「だが、あまり派手な動きはしないでくれよ。あんたたちは事件当事者なんだからね。これまでは被害者側の自衛ということで、棟居さんが庇ってくれているが、庇いきれなくなるかもしれない」

岡野が忠告した。

捜査本部の中には、降矢らを容疑者扱いしている者もいる。実際にレーンジャー出身のスタッフたちは暴れ足りないでうずうずしている。

末広家襲撃の際も、スタッフの救援によって窮地を脱したものの、降矢が制止しなかったならば、彼らは仮借なきまでに襲撃集団を打ちのめしたであろう。たとえ相手から仕掛けられたにせよ、彼我に死者でも出したら大事である。

捜査会議で任同要請前提の内偵と決議されたと岡野から伝えられて、降矢は不安になった。一対多数の戦いに手加減は加えられない。負傷者のその後が心配であった。

事務所を襲撃した別動隊も、スタッフらにかなり痛めつけられたようである。襲撃集団が受けたダメージは、そのまま動かぬ証拠になるが、同時に我がほうの過剰防衛ともなり得る。

「内偵と決まったものの、捜査ははかばかしくないようだ。教団としては自ら仕掛けた襲撃の怪我人の手当てを、市中の病院におおっぴらに頼むわけにはいくまい。教団内の信者の医者に頼んで、隠密裡に手当てをしているとおもうよ」

岡野が言った。

「教団のフロント病院があるだろう」

「各方面にフロント企業を展開しているが、病院はまだないね。息を吹きかけるだけで万病が治るという呼気流でブームを巻き起こしているだけに、フロント病院を持ったら、自ら呼気流だけでは治しきれない病気があることを認めるようなもんだからな」

「呼気流で怪我人が治癒してしまったら、証拠が消えてしまうな」

「あんた、呼気流を信じているのかい」

岡野は驚いたように降矢の顔を覗き込んだ。

内偵捜査は膠着していた。相手方に内偵の気配を察知されれば、完全に締め出されてしまう。内偵は強制捜査ではないので、極めて難しい。まして、負傷者や病院関係の内偵となると、医師の守秘義務と重なって、情報が得にくくなる。

信者百万を誇る巨大教団が独自の医療機関を持たないのは不思議であるが、呼気流による万病治癒を金看板にしている正命教は、医学による医療施設を持たない。

医師信者による幹部専用の秘匿医療機関があるようであるが、一般信者はその医療を受けられない。特に反主流派の旗頭・山橋の前身は医師であり、呼気流を認めていないので、主流派が支配する教団構内に医療施設設置は難しくなっているということである。

内偵が八方塞がりの状況に陥ったとき、棟居は降矢の着想をおもいだした。大場動物病院に猫斬り魔の被害猫を運び込んだＯＬが、降矢の妻である可能性が高いという彼の着想である。

彼女は被害猫を発見したとき、犯人を目撃した可能性がある。そのために殺害されたのではないかという降矢の推測にはうなずけるものがある。

だが、棟居がおもいだしたのは、犯行動機の降矢の推測ではない。バスジャック犯人三人組の一人・植谷の、加倉井家の飼い猫のかかりつけが大場動物病院であったという証言と重ねて、同病院が意識のうちにクローズアップされてきたのである。

大場病院は動物病院として知られているが、人間対象の医科も併設している。大場院長は正命教の信者ではないが、加倉井家とのつながりから、正命教関係の患者も診ているかもしれないとおもいついた。

棟居は早速、大城と共に中野区内にある大場病院に出かけた。中野署には顔見知りの笠《かさ》原《はら》や鈴《すず》木《き》刑事がいる。大場病院には笠原が同行してくれた。

一般病棟は動物病棟とは別の建物になっている。ちょうど午後の診療時間の前であり、患者の姿は見えない。棟居は受付で身分を明らかにして、責任者に面会を申し込んだ。

受付係に取り次がれた医師が、やや緊張した面持ちで出て来た。棟居は末広家が襲撃を受けた日、骨折や打撲傷を負った数人の負傷者が手当てを受けに来なかったかと、単刀直入に問うた。

「深夜、女性の家に大挙して押し込み、女性を拉致しようとした暴力集団です。ガードマンに撃退されましたが、その際、ガードマンに木刀で反撃されて、骨折や打撲傷を負っています。このような暴力集団を赦《ゆる》すことはできません。もしお心当たりがあったらご協力いただきたい」

棟居は医師に告げた。医師の顔が青ざめた。顕著な反応である。守秘義務はあっても、明らかに犯罪者とわかる者たちを庇えば、犯人蔵匿、証拠隠滅の罪に問える。内偵中であっても、すでに捜査を開始している。

棟居の気迫に打たれたらしく、医師はうなずいた。

「当該日の翌日、五人ほどの手足の骨折や、鈍器で殴られたような打撲傷のある患者の手当てをしました。一見して喧嘩、乱闘の負傷とおもいましたが、本人たちは建築現場で資材が突然崩れ落ちてきて怪我をしたと言っていました。工事中、そのような怪我をしないこともないので、手当てをしました。少し入院したほうがよい人もいましたが、一度手当てを受けただけで、その後、再来していません」

「その怪我人たちの氏名や住所はわかっていますか」

「カルテに保存してあります」

「保険証は持参しましたか」

「いいえ、全員自己負担でした」

自費では、偽名、架空の住所であるかもしれない。だが、彼らの素性はおおかた見当がついた。怪我の状況からしても、降矢およびスタッフたちから受けたダメージに相応している。正命教のどこかに潜んでいるにちがいない。

氏名、住所は偽れても、院内各所に設置された防犯カメラに彼らは撮影されていた。

襲撃日翌日、大場病院で手当てを受けた怪我人の氏名、住所、および写真を領置（任意提供）した棟居は、大場病院を辞去した。

予測された通り、大場病院で手当てを受けた怪我人たちは、初診受付で記入した住所に存在しなかった。

棟居はまず彼らの写真を降矢以下、スタッフに見せた。降矢以下は被写体が襲撃集団の中にいたことを認めた。

棟居はさらに植谷に写真を見せた。植谷は即座に彼らを識別した。いずれも正命教実力部のメンバーであると断定した。

ここに棟居は正命教の尾をつかんだ。

神化された〝正義〟

棟居の収穫を踏まえて、那須は正命教実力部のメンバー五人に対する任同要請を決定した。まず任同を求めて自供を得てから逮捕状執行という手筈である。

都下M市の郊外にある正命教東京総本部の敷地内新生寮（独身信者寮）に赴き、五人の任意同行を要請した。

多摩丘陵を削って造成した広大な敷地内には、本殿と称する主屋を中心にして、男棟、女棟、子供棟、講堂、倉庫、車庫、その他用途不明の建物がある。周囲はコンクリートブロックの塀が囲み、出入口には守衛が二十四時間詰めている。

信者は在宅信者と、入域信者に分かれ、後者はポイントと称ばれる教団の全国各教区の施設に入る。入信に際しては入信金を献納し、額によって位階を授けられる。

また入域する者は家や不動産、すべての財産を売却して、入域金を納めなければならない。金に換えられない者は住んでいた家や土地を物納してもよい。これを献神度と称し、教団に対する忠誠の物差しにする。

教勢の拡大と共に、教団は全国各地にポイントの敷地を買い漁っている。ポイント内部では信者たちがどんな生活をしているのかよくわからない。

入域した信者の家族たちから、信者を連れ戻してもらいたいという訴えを受けても、拉致された証拠もなく、本人の意志で入域した信者を、警察といえども勝手に連れ戻せない。へたに動けば、たちまち信教の自由の侵害とされる。

捜査本部、各所轄署の混成捜査員団十六名の早朝訪問を受けた教団側は驚愕し、任意を盾に取って当初は拒否の姿勢を見せたが、正当な理由のない出頭拒否は逮捕の要件を満たすとする捜査員団側の強い姿勢に折れた。五人は最寄りの管轄署M署に同行を求められた。任同を求められた実力部員五人の中の一人は、右下腿を複雑骨折していて自力では歩行できなかった。他の者も膝蓋骨《しつがいこつ》骨折や、肘や下腿部の挫創《ざそう》、身体各所に打撲傷を受けている。

彼らはいずれも空手、柔道、格闘技の達人であり、元自衛官もいた。元自衛官は武器の扱いにも習熟している。末広家から保存された銃弾は彼が発砲したものと推測された。自供によって教団内の捜索が行われる予定であるが、すでに襲撃後、武器はすべて隠匿されているであろう。

無傷の者もいるであろうから、これだけの猛者《もさ》を揃えた襲撃集団をたった一人で打ちのめし、撃退した降矢の破壊力に、棟居は改めて舌を巻いた。しかも、降矢は銃刀法に触れるような凶器は一切使用していない。

降矢は棒ちぎれといっているが、木刀一振りで強力な襲撃集団をはね返し、末広志織を護り通したのである。

一人一人取り調べを受けた彼らは、当初、否認をつづけていたが、

「上部から受けた命令を実行した君らに対して、教団は満足な治療も受けさせない。右下腿骨を複雑骨折している君は、このまま放置していると、生涯、跛行《はこう》の身となるかもしれない。教団が金看板にしている呼気流はなんの効果もないではないか。要するに、君らは騙されているのだ。もし教団が本当に正義を実行しているのであれば、名誉の負傷をした君らを手厚く治療するはずである。にもかかわらず、外部の病院に名前と住所を偽って、ただ一度の手当てを受けさせただけだ。正義の実行に、なぜ親からもらった名前を偽る必要がある。いいかげんに目を覚ましたらどうだ」

と棟居に言われて、自供を始めた。一人が自供すると、他の四人も数珠つなぎに自供した。

「教団上層部の師教から命令されて襲撃しました。理由は教団の敵であるから、再生《リザ》（殺す）のために連行せよということでした。もし手にあまれば、その場でリザしてもよいと言われました」

実力部隊員の自供によって、襲撃は正命教の首脳部から発せられたことが明らかになった。だが、聖命の直命ではない。

このとき最初に口を割った河原《かわはら》という元自衛官が、意外な〝余罪〟を自供した。

「事の起こりは、奥多摩での末広さんの車との接触だとおもいます。あのとき接触していなければ、同乗していたカメラマンも死なずにすんだとおもいます」

「君はなぜそのことを知っているのかね」

次に発すべき質問のタイミングを計っていた棟居は、先を越された驚きを隠して問うた。

「あのとき私は助手席に同乗していました。加倉井弘文さんが運転していて、リアシートに加倉井さんの友人・島崎さんが乗っていました」

「なぜ、その接触が事の起こりなのか」

棟居はすでに推測されているイメージを胸に畳んだまま質問をつづけた。

「あの夜、我々は不幸な接触を二度しました。事は、加倉井さんと島崎さんが教団主催のパーティーに出席後の帰途に始まりました。教団が信者獲得のために花組と称ばれる容姿の美しい女性信者を中心にして、月例のパーティーを都内のホテルで開きました。

その帰途、お二人とも酔っていたので、私が送って行くことになったのですが、加倉井さんが自分が運転すると言い出してハンドルを奪ったのです。教団にとってＶＩＰなのでやむを得ずハンドルを譲りました。あのとき私がハンドルを離さなければ、その後の一連の事件は防げたとおもうと、悔やまれてなりません。

加倉井さんは、この程度の酒はあぶくを飲んだようなものだと豪語して、裏通りを飛ばしていました。そして世田谷区内の路上で、路地から飛び出して来た人を轢いてしまったのです。かなりの重傷で、すでに虫の息でした。とにかく病院へ運ぼうと車に運び入れたのですが、途中で息が絶えました。加倉井さんは、そのことがわかると加倉井先生や正命教にも影響する。目撃者はいない。死体さえ隠してしまえばだれにも迷惑をかけない。だいたいいきなり飛び出してくるほうが悪いのだと言って、車を奥多摩に向け、山中に埋めました」

「そのとき同乗していた島崎氏は、後日、失踪して、いまだに消息不明だが、その行方について知っているか」

棟居は質問をつづけた。

「知りません。事情を知りすぎた者として処分されたのでしょう」

「だれが処分したのか知らないのか」

「知りません」

「君は島崎氏が末広志織さんと挙式予定だったことを知っていたか」

「島崎さんの失踪後、知りました」

「そのとき島崎さんが事情を知りすぎただけではなく、末広さんとの挙式自体が教団にとって好ましくなかったとはおもわなかったかね」

「おもいました。加倉井さんと一緒に死体を山中に埋めた島崎さんが、事もあろうに、その直前に接触事故を起こした相手と結婚しようとしたのですから、加倉井さんや教団幹部は驚いたとおもいます」

「そのことも末広さんを再三襲撃する理由になったのか」

「理由は一切告げられませんでした。ただ、そんなことだろうとはおもいました。

末広さんの車と接触したその場は、接触しただけですれちがいましたが、私が記憶していて上司に報告した車のナンバーから末広さんとカメラマンの身許を突き止め、加倉井さんの身の安全のために正命教がまずカメラマンを処分したのだとおもいます」

「カメラマンの処分も君がしたのか」

「いいえ。実力部のだれかが命じられたとおもいますが、私ではありません。だれが動いたのか知りません。命じられた仕事はたがいに口外することを禁じられています。この禁を破った者は粛清されてしまいます」

「では、なぜ自ら禁を破ったのかね」

「私は自衛官時代、体験入隊して来た女性に誘われて正命教主催のパーティーに参加しました。そのときは彼女が信者で、パーティーの主催者が正命教であることを知りませんでした。そうして彼女と親しくなり、正命教の教義に魅力をおぼえて入信したのですが、正命教の教義のみが人類を救済する世界で唯一絶対の真理であり、これに背く者はすべて悪である。教団の外は汚辱にまみれており、悪が充満している。それを浄《きよ》め、正すことが正命教の使命であり、命令を実行することが神意に添う正義であるという教義に疑問をおぼえてきたのです。その疑問を口にした者は、いつの間にか教団から姿が見えなくなりました。

ただ一人の女性を多数で襲撃したとき、また負傷した者に満足な医療も施さぬ教団に、自分は邪《よこしま》な道に入り込んでしまったことを悟りました。正命教の反社会的な所業を公にした私が、教団から粛清されれば、私自身が邪教を告発する際の証拠となるとおもったのです」

河原の自供が導火線となって、他の四名も次々に自供した。

河原は末広志織襲撃には一回加わっただけで、それ以前の交通事故偽装、熱海、蓼科、バスジャックには関与していないと供述した。

どうやら同一人物に対する襲撃者は、その都度替えているようである。顔をおぼえられるのを防ぐためであろう。

ここに河原が同行して、奥多摩の山中を捜索した結果、土中からほぼ軟部組織を消失し白骨化した遺体を発見した。

解剖の結果、死後二、三年以上、推定年齢三十〜三十五歳の男と鑑定された。遺体は頭蓋骨骨折、および左右下腿三分の一の部位に骨折を伴う損傷状況から、河原が自供した世田谷区内の路上で衝突した通行人であることが確定した。

遺体と共に二十六枚の一万円札と金時計が発見された。金時計は北沢うめの所有物と確認された。当該車両が被害者と衝突した時と場所が、北沢うめが殺害された当夜、およびその住所と一致しているところから、白骨の主は同女を殺害して現金二十六万円と金時計を奪った犯人であると断定された。

犯人は北沢うめを殺害、現金を奪って逃走途上、車と衝突して奥多摩に運ばれ、山中に埋められたのである。

棟居の仮説は白骨遺体の発見と共に証明された。

奥多摩の白骨遺体発見は、各マスコミ機関によって派手に報道されたが、白骨の主の身許は不明のままであった。

この世に生を享《う》け、推定最長年齢三十五年生きていながら、だれ一人として生前の消息を知る者がいない。家族、友人、近隣の人間、また社会で触れ合った多数の人間、路上暮らしでなければ、大家やアパートの管理人などもいたはずであるが、関わり合いになるのを恐れてか、本人の身許に結びつくような情報はまったくない。

独り暮らしの老女を襲っていた犯人は、被害老女よりも寂しい人間であったにちがいない。そして、老女から奪った二十六万円と金時計を抱いて、奥多摩の山中で骨となった。一体、彼はなんのために生まれてきたのかと、白骨の主の人生をおもい合わせた棟居は、心の奥まで冷え込むような気がした。

河原の自供によって、世田谷区老女強盗殺人事件は解決した形になったが、本部はそのまま解散せず本件犯人を轢過し、奥多摩に死体遺棄した事件の捜査本部となった。

ここに加倉井弘文の逮捕の前提としての任意同行要請が決議された。

襲撃集団が自供し逮捕されたことが報道された後、降矢は意外なところから一片の通知を受けた。

当初、DMかと差出人名を読み流した降矢であったが、動物霊園という文字が目を引いた。動物病院の誤読かとおもったが、まぎれもなく霊園の文字が印刷されている。

中身の書状には次のような文言が記載されていた。

「降矢瑠璃様喪主による降矢ピアノ様の区分納骨期限が本年×月××日をもって満期になります。つきましては、このまま個室納骨を更新いたしますか。それとも合斎殿に移骨いたしましょうか。ご指示いただきたくお願い申し上げます」

一読しただけでは意味がわからなかったが、再読中、どうやら瑠璃が喪主となって、動物の遺骨を動物霊園に納めているらしいことがわかった。

だが、降矢にはピアノという動物名に記憶がない。期限を見ると、彼女がピアノを納骨したのは結婚後である。降矢家では結婚後、動物を飼っていない。

納骨日に視線を固定した降矢は、はっとした。瑠璃と推定されるＯＬが大場動物病院に猫斬り魔の被害猫を運び込んだ翌日であることをおもいだした。ピアノとは手当て虚しく死んだ被害猫の名前であろう。

死んだ猫を、瑠璃は自ら喪主となって動物霊園で茶毘《だび》に付し、納骨したのであろう。その期限切れの通知であった。

降矢にはその通知書が瑠璃の遺言のようにおもえた。

降矢は早速、成城学園にある動物霊園に赴いた。

寺に併設されている動物霊園は閑静な住宅地の一隅にあった。駅から乗ったタクシーの運転手が、

「動物霊園ですか。あそこへ行くのは辛いですね」

と言った。なぜかと問うと、

「ご遺族の悲しみを見るのが辛いですよ。愛する動物を失った遺族の悲しみは、お身内や愛する人を失った以上ですね。私も犬を飼っていますので、いつの日か別れの日が来るかとおもうと胸が痛くなるのです」

と運転手は言った。

霊園に着いて通知書を示すと、

「降矢ピアノ様の納骨室はこちらでございます」

と案内してくれた。

一見、駅などで見かけるロッカーに似ているが、それぞれの区分に小さな祭壇が設けられ、骨壺の前に位牌《いはい》と灯明台《とうみょうだい》が置かれている。

「満期になって、ご遺族からご指示がない場合は、合斎殿のほうに移骨します」

と係員が説明した。合斎殿には動物の遺骨がまとめて納められているのであろう。

降矢は個室期限の更新を申し出ると同時に、ふとおもいあたることがあって、

「ピアノの骨に対面したいのですが」

と申し出た。

「どうぞ、どうぞ。そのようにおっしゃるご遺族は多いのですよ」

と係員は言って、個室から骨壺を取り出してくれた。

袱紗《ふくさ》の袋を解いて桐の箱の蓋を開くと、骨壺があった。人間の骨壺よりも一回り小さい。さらに、壺の蓋をあけて中を覗くと、陶器の破片のような繊細な骨片が詰まっている。

骨片の上にフィルムや薬品を収納するファスナー付きの小さなビニール袋が載せてある。骨壺からつまみ上げたビニール袋の中には、亡き瑠璃の筆跡で書かれたメモがあった。

「ピアノを殺した猫斬り魔の写真です。夫に託そうかとおもいましたけど、巻き込みたくないので、ピアノの遺骨と共に納めます。私自身も巻き込まれたくありません。後日の証拠として、ピアノの遺骨と共に納めますが、私に見られたことを察知した犯人が、以後、猫斬りを中止するようにピアノの霊に祈ります」

と記入され、デジタルカメラのメモリーカードが入っていた。

降矢は凝然として、しばらくそれを握り締めていた。亡き妻の遺言が肉声となって耳に聞こえてくるような気がした。

彼女はやはり猫斬り魔の犯行現場を目撃していたのである。猫斬り魔の毒牙にかかった被害猫を救おうとして必死の努力をしたが救えず、自らピアノと命名して弔った。

彼女が犯行を目撃し、動かぬ証拠をつかみながらも犯人を告発しなかったのは、犯人の報復と夫を面倒に巻き込むことを恐れただけではないであろう。すでに死んでしまったピアノよりも犯人の将来を考慮したからにちがいない。

瑠璃が犯人を目撃しながら黙秘していれば、犯人に対する無言の圧力となって新たな犯行を自粛するかもしれないと願ったのであろう。優しい心根である。瑠璃はそういう性格であった。

犯人が悔悟せず、犯行を重ねた場合に備えて、証拠をピアノの遺骨と共に霊場に納めたのであろう。

だが、犯人は悔い改めるどころか、瑠璃の口を永久に封じた上に、瓜二つの志織に出会い、襲撃を重ねた。猫斬りは中止したが、新たな人間狩りを始めたのである。

そのことを悲しんだ瑠璃が、あの世からピアノの遺骨に託して証拠を送り届けてきたように感じられた。

メモリーカードには、露出は不十分ながら犯人の特徴を伝える画像が保存されていた。

「瑠璃、有り難う」

降矢は瑠璃が一命を代償にして送り届けてきてくれた証拠の前で、いまは亡き妻の追憶に浸っていた。

降矢から提供されたメモリーカードは、捜査本部を色めき立たせた。ついに捜査本部は正命教の急所を押さえたのである。

まず加倉井弘文が呼ばれた。すでに逮捕状の発付が請求され、許可されている。弘文の自供を得てから逮捕状を執行する手筈になっている。

弘文は当初、言を左右にして否認を通していたが、同乗していた河原との対質（向かい合う）を求められて屈伏した。

弘文の自供は、おおむね河原の自供と重なっていた。だが、世田谷区内の路上で強盗殺人犯と衝突したとき、運転していたのは島崎であると罪を失踪者に転嫁した。

「私は当夜、酒が入っていて運転できるような状態ではなかった」

と弘文は言った。

「それはおかしい。あなたや島崎氏が同乗していた車が奥多摩で末広志織さんの車と接触したとき、末広さんは運転席にあなたの顔を見たと証言しています」

「そ、それは、彼女が嘘をついているのです」

「末広さんはその後、同乗していた島崎賢一と婚約したのですよ。島崎は接触時、リアシートにいたと河原が証言しています。もし島崎が運転していれば、婚約時、必ずおもいだしたはずです」

と棟居に問いつめられて弘文は返す言葉を失った。

棟居はさらに島崎の行方を追及したが、弘文はまったく知らないと否認した。河原同様、事実、知らないようであった。

「死体運搬途上、車が接触した末広さんと沼津カメラマンに脅威をおぼえて、正命教に二人の処分を依頼したのでしょう」

「私はそんな依頼をしたおぼえはない。接触車両に乗っていた二人の身許も知らなければ、車両のナンバーも記憶していない。助手席に同乗していた河原が記憶していて、正命教の上司に報告したのでしょう」

弘文は土壇場で言い張った。

確かに河原が、志織らが乗っていた車のナンバーを記憶していて、教団の上級の者に報告したと自供している。報告を受けた上級者が、さらに聖命に〝奏上〟して、彼の命令により、以後、志織と沼津が襲撃されたという想定も可能である。

とりあえず加倉井弘文は殺人死体遺棄の容疑で逮捕された。強盗殺人犯人と衝突した時点では殺意はなかったかもしれないが、虫の息の衝突被害者を、病院への運搬を装って生き埋め、あるいは運搬中死ぬことを予測して遺棄しようとした行為を殺意ありと認めたのである。

父親の一進は一連の事件に無関係とされたが、息子の自供と共に一切の公職、名誉職から退き、次期選挙には出馬しないことを表明した。

加倉井弘文の逮捕によって、福永聖命の逮捕の前提である任意同行要請は時間の問題となった。

だが、警察は信教の自由を保障された宗教法人に対しては、特に慎重な姿勢を取った。

正命教はいまや国内にとどまらず世界に支部を置く巨大教団となっている。政・財界を始めとして、各界の著名人、学者や作家、人気芸能人、また外国の要人などにも信者がいる。へたに任同要請をして事情聴取が空振りに終われば、捜査本部が返り討ちに遭う虞は十分にある。

捜査本部の大勢は、聖命の任同要請に傾いていたが、なお慎重を期して、正命教の実態をさらに詳しく掘り下げることにした。

正命教の宗教活動にかこつけた違法性が証明されれば、教主聖命の事情聴取につづく逮捕が可能になる。

これまでに収集した正命教の資料では、いまひとつその喉頸《のどくび》を押さえる力が足りない。やり直しは利かないのである。

捜査を進めるうちに、反主流・山橋派の師教の一人から、聖命専用の神授館なる棟の中に、聖命の許しを得た者以外は高弟といえども立ち入れない極秘区と称ばれるフロアがあるという情報がリークされた。

その極秘区の内部でなにが行われているのか、捜査本部の総力を挙げて掘り下げることにした。

聖命の許可のない者は、師尊、師教の高弟といえど立入禁止とは、尋常ではない。聖命の眼鏡に適った信者だけが出入りを許されて、一体なにをしているのか。

「防音設備が完全なのか、物音一つ漏れてきません。信者にも、内部でなにが行われているのか、まったく見当がつきません」

師教の一人が告げた。

根気よく教団関係者に聞き込みをつづけている間に、出入りを許された者にいくつかの共通項があることがわかってきた。

それは、

一、屈強な若い男性信者

二、ほとんどが実力部の部員

三、いずれも柔道、空手、剣道、フェンシングなどの有段者や、前身がボクサー、レス

ラー、力士、自衛隊員、射撃コンテストの優勝者、あるいは準優勝者など、武道、格闘技、銃器精通者であること

であった。

宗教団体の中で軍顔負けの銃器精通者や、武道、格闘技などの達人が、極秘区への出入りを聖命から直接に許されている。

極秘区への出入りを許された信者は神兵隊員と称ばれる。

教義なき正命教の教主が極秘区でなにを教えようとしているのか。その実態を知る者は、聖命以下、極秘区への通行を許された、限られた信者だけである。

そして、出入りを許された者は口を固く閉ざして語らない。一言でも極秘区の秘密を漏らせばリザされてしまうのかもしれない。

いずれも戦闘能力に長けた信者たちが、極秘区の秘密に関して固く口を閉ざしているのは、恐怖の猿轡《さるぐつわ》をかまされているのであろうと推測された。

正命教の選りすぐられた強者たちを縛る恐怖とは、一体なにか。棟居は彼らを黙秘させている恐怖に、正命教の反社会的な秘密が隠されているとおもった。

もっとも正命教そのものが信者たちを恐怖の掟で縛っているようである。いったん入信した信者は、本人や家族が離山（脱退）を望んでも許されず、また離山しないように徹底

的にマインドコントロールされてしまう。

隙を見て離山した者も、たちまち追手がかかって連れ戻されてしまう。連れ戻された信者が教団内部でどのような扱いを受けているか、不明である。

離山後、家や親許にも帰らず、行方不明になった者や、連れ戻されても教団内部で見かけなくなった信者もいるらしいが、確認はされていない。

教団内部には「神網」なる密告組織が張りめぐらされ、教団にとって不利益なことや、教主に批判的な言葉を吐いた者は、容赦なく〝神罰〟をあたえられるらしい。だが、どんな神罰を科せられるのか、これも確認されていない。

ただ、わかっていることは、信者たちが異常に口が固いことであった。マインドコントロールか、恐怖による黙秘のどちらかであろう。

だが、加倉井弘文以下、実力部五人のメンバーの逮捕につづく加倉井一進の一切の公職からのリタイア以後、信者の間に不満が高まり、恐怖の猿轡が少し緩んできていた。捜査陣はその緩みに乗じて、極秘区の秘密を探った。

なかなか口を割らなかった神兵隊員の一人が、ようやく重い口を開き始めた。

「極秘区は殺人の技術を学ぶ訓練場なのです。信者の身許を調査して、武闘派の信者を選んで殺人のテクニックを指導・訓練する殺人道場です」

一人の神兵隊員がリークすると、芋づる式に次々と極秘区の実態についての証言が引き出されてきた。

「極秘区内部は武道や格闘技の種類、銃火器、その他各種の武器、毒薬などの部屋に区分されていて、それぞれのインストラクターがついて、ありとあらゆる殺人テクニックを教えています。インストラクターは信者だけでは足りず、暴力団の仲介で外部からも呼んでいます。

殺人訓練の稽古台には犬や野良猫、またいったん脱走して連れ戻された信者がなります。犬や猫は本当に殺しますが、信者の場合は係累がない者だけを殺害し、うるさそうな家族や親戚がいる者は殺害はせず、拷問したり、手足の骨を折ったりするだけに止めます。犬や猫は射撃訓練の的にもします。

また神兵隊員を二組に分けて、実戦さながらの白兵戦をさせたり、たがいに得意な武器を持たせてローマの剣闘士のように戦わせたりします。このようにして、極秘区では教団独自の暗殺兵力を養成しているのです。

極秘区の中には神交室という一流ホテルのような客室があり、殺人訓練で優秀な成績を上げた者に、神意に適った者として若い女性信者をあてがいます。女性信者はほとんどが師聖のお楽しみ部屋からの下げ渡しです。訓練中、命を失った神兵隊員もいます」

と生々しい証言が得られた。

「極秘区で訓練された神兵隊員は実際になにをするのか」

棟居は問うた。

「正命教にとって都合の悪い人物や、正命教に対抗する組織や人物を暗殺、撃滅するために養成されています。昔の僧兵のような存在ですが、軍のように組織化されておらず、一人一人が忍者のように独自の殺人技を持ち、師聖の命令のもとに単独で行動します。時には複数で動きますが、それも師聖の命令によります」

「現在、神兵は何人ぐらいいるのか」

「わかりません。神兵同士が横の連絡を取ることは禁じられています。おおむね半年、ないし一年の訓練を受けた神兵は、極秘区を卒業して、全国および世界の支部に散っていきます。優秀な成績で卒業し、師聖の御意に適った者だけが直衛神兵として本部に留まっています。正確な兵力をつかんでいるのは、師聖だけでしょう」

「インストラクターは神兵ではないのか」

「ほとんどが神兵です。神兵隊長はヒマラヤで修行し、あらゆる殺人技を身につけたといわれる氷室要介《ひむろようすけ》という人物です。一騎当千の神兵たちにも氷室に敵《かな》う者はいないといわれています。

しかし、実際に氷室の顔を見た者はいません。いままで正命教に対して批判的な政・財界人や著名人で、突然、交通事故や災害、あるいは原因不明の急死をした人は、氷室の仕業であるという噂が密かに教団内部に流れていますが、真偽のほどは確かめられていません。あるいは氷室要介は神兵を神格化するために師聖がつくり上げた架空の人物かもしれません」

「極秘区の中に神化室という部屋があります。その部屋に入った者は神霊を受けて、神と化すことができると教えられます。神兵はいずれも神から選ばれた者であり、神意に添って行動する者は常に正義であると教え込まれます。神の生まれ変わりである師聖に、ある者を殺《リザ》せよと命じられれば、それは神意に添う行為であって、正義であると教えられます。神化室には催眠術師がいて、師聖の逆鱗《げきりん》に触れた者を殺せと命じます。催眠術をかけられて凶器を持たされ、極秘区に連れ込まれた教団の罪人を殺せと命じられます。殺せと命令された瞬間、催眠が解けますが、術師はおまえが手にしているものは凶器ではない。教団の教えに背いた罪人を矯正するための愛の鞭《むち》であり、神の鞭である。愛の鞭を罪人に振るって矯正することは神意に添い奉ることであって、正義の実現であると説かれます」

「そのように説かれて、君は人を殺したのか」

「私は殺せませんでした。渡された凶器がどうしても愛の鞭には見えませんでした。神意に背いた神兵は、もはや神兵ではなく、教団の家畜であるとされて、教畜棟と称ばれる最下級の信者の入る小屋に入れられてしまいました。

教畜棟は規定の神納金が納められなかったり、教団関連の事業で所定の成績を上げられなかった者や、教団が禁止している書物、例えば他教の教えや、哲学や、小説、また所持を禁止されている携帯やパソコンなどを隠し持っていた者や、私のように神兵になり損なった者が放り込まれ、懲罰的な雑役や重労働に就かされます。

それに耐えられず脱走を図り、連れ戻された者は極秘区で殺人訓練の稽古台にされてしまうのです」

元神兵たちの自供によって、正命教の恐るべき実態が浮かび上がってきた。

だが、証言した元神兵たちは、殺人の訓練として実際に人を殺してはいない。彼らはその直前で殺せず、教畜棟に入れられた者たちである。

捜査本部としては、現実にリザした者の証言、およびリザされた被害者の遺体を確認したかった。

自供の口火を切った河原が、さらにおもいだしたように言い出した。

「一時、私は神兵に選ばれて、神授館に入館させられましたが、射撃訓練のとき、的《ターゲット》にされた犬や猫を撃つことができませんでした。私の家では代々猫を飼っていて、的と飼い猫の顔が重なってしまうのです。故意に的を外して撃っている間に、教官に見破られてしまいました。教官はその場では私を譴責《けんせき》せず、私を神兵から外し、雑兵に格下げして、もっぱら雑役を担当させました。そのとき神授館で射撃の的にされた大量の犬・猫の死骸の始末を命じられました。広大な敷地の各所に哀れな動物たちの死骸を埋めたのです」

棟居はその情報に飛びついた。

「動物を埋葬した敷地内の場所をおぼえているか」

「もちろんおぼえています。彼らの命を救ってやることはできませんでしたが、私なりに埋葬した位置に墓石を置きました」

だが、河原も人間の死体は埋めていない。たとえ人間の死体を確認できなくとも、これだけの証言を積み重ねれば、福永聖命、および正命教の違法性は明確である。

彼は自らを神と化し、神の名においてすべてを正当化している。自分、および正命教以外の外部の社会をすべて悪と規定して、神となった教主と、正命教の物差し（教義）のみが正しく、これを信ずる者、忠誠を誓う者が救済されると説く。

正命教を囲む外界社会はすべて悪に汚染されているのであるから、その社会に適応できない者、落ちこぼれた者、反社会的な者、所を得ない者、罪を犯した者など、正命教に逃げ込めば、その外で悪の限りを尽くそうと、すべてが清算《チャラ》にされてしまうのであるから、社会を食いつめた者にとっては、こんな楽なことはない。

唯一絶対神の正命教に忠誠を誓えば、外界で犯した罪はすべて許される。正命教に入信した者は永遠の幸せをつかめると折伏《しやくぶく》され、持てるものすべて、身ぐるみ剝ぎ取られてしまう。

それも剝ぎ取られるという意識はなく、神の祝福を受けるための自発的な献身である。たとえ人を殺すことを命じられても、殺す対象が正命教の敵である限り、神に対する忠誠のしるしとして正当化される。

それを命ずる教主・聖命は、自らを現人神《あらひとがみ》と規定して神の声を伝えるメッセンジャーである。メッセンジャーであるから、なにを伝えようとすべて神の言葉であり、使者には責任はない。

しかも、その神は聖命自身が勝手につくりだした神であって、彼以外には神に接触することはできない。

社会に背を向け、聖命に救いを求めて逃げて来た信者たちも、次第に神のメッセンジャーとしての聖命の欺瞞《ぎまん》に気がついてくる。だが、気がついたときは、正命教の檻の中に閉じ込められている。

悪に汚染された外界（社会）で認められた人間的自由のすべては、正命教の檻の中では奪われてしまう。すべては聖命がつくりだした神の命によって統一され、強制される。

マインドコントロールされた信者は、その統一と強制を救いとして喜ぶが、神がインチキであることに気づいた信者は、外界を悪として否定する正命教が、実は悪そのものであることを悟る。

そして、そのような信者は教敵として正命教のリザの対象となるのである。

証言の収集によって、正命教の実態が明らかにされてきた。

ここに、これまで慎重な姿勢を取っていた捜査本部は、福永聖命の任意同行を決議した。福永聖命は任意同行を要請された。加倉井弘文同様にすでに逮捕状が用意された上での要請である。

新興宗教として躍進著しい正命教教主の任同要請に社会的関心は高く、信者は騒然となり、マスコミは大々的に報道した。聖命の要請前から弘文の任同要請・逮捕に、聖命の逮捕は時間の問題と見られていた。

正命教は実力部のメンバー五人が逮捕された時点から、信者の間に不安が高まり、先代一命の高弟たちは聖命から完全に離反して、内部崩壊を始めていた。

当初、正命教は信教の自由に対する侵害として任同要請を拒否する構えを見せたが、信教の自由のみでは要請を拒む正当な理由とは見なされず、あくまで出頭を拒み通すのであれば、これを理由として逮捕も辞さないとする捜査本部の断乎たる姿勢に屈した。

ようやく出頭に応じた福永聖命は、一見、泰然自若《たいぜんじじやく》としていた。だが、それが内心の不安を隠すための演技であることを捜査本部は見抜いていた。

社会的地位の高い人物や、注目を集める者の任意同行は、任意性を確保するために警察署ではなく、市中のホテルや会館などで行うが、聖命は最寄りのM署に呼ばれた。そこに捜査本部の自信が覗いている。

主たる取り調べには棟居が当たり、大城と所轄の有馬《ありま》が補佐した。

「本日は教主御自らご足労いただき恐縮です」

棟居は低姿勢で事情聴取の口火を切った。

「すべては神の思し召しです。神意に添ってお答え申し上げますので、なんなりとお尋ねください」

聖命は神を振りかざした。

「ご協力有り難うございます。それではご多忙の御身、早速お尋ねいたしますが、降矢瑠璃さんという女性をご存じですか」

てっきり末広志織襲撃事件について聴かれるものと構えて来たらしい聖命は、突然、瑠璃の名前を出されて不意を打たれたようである。少し顔色が動いたが、意志の力で表情を整えた。

「知りませんね」

「ご存じない。そうですか……。それでは末広志織さんはご存じですか」

棟居は深く詮索せず、質問をつづけた。

「いいえ、知りません」

聖命は端的に否認した。

「降矢瑠璃さんと末広志織さんは瓜二つのように似ています。いや、似ていたというべきか。配偶者が見てもまちがえるほどだったそうです」

「それが、私にどんな関係があるのですか」

聖命は少し開き直ったように問い返した。

「末広志織さんを正命教の信者が襲撃しました。信者はすでに逮捕され、犯行事実を自供しています。新聞等で賑やかに報道されていましたので、ご存じのはずですがね」

「その事件であれば信者の中にそのような不心得者がいたことを、教主として重々お詫びいたします。しかし、百万の信者の末端まで、残念ながら目が届きません。今後、このような不祥事のないように信者には厳しく申し渡しました。

末広志織さんですか、被害者の方には深くお詫び申し上げます」

「襲撃の理由もご存じないのですか」

「知りません。末端の不心得者は速やかに除名しました」

「逮捕された時点では除名されていませんでしたね」

「知らなかったのです。まさかそのような不心得者がいるとは。報告もされませんでした」

聖命はあくまでも末端の不始末として逃げようとしていた。

「末端の不心得者とは言い切れないとおもいますよ。襲撃集団の一人は奥多摩で発見された殺人・死体遺棄事件の共犯者でした。死体を運んだ車を運転していた者は、あなたの実兄であり、正命教の支援者である加倉井一進先生のご子息と共犯者は自供しています。加倉井先生はあなたのご尊父でもあります。しかも、奥多摩でその死体運搬車が接触した車に、末広志織さんは同乗していました。それでもあなたは末端の者のしたことで、関知しないとおっしゃるのですか」

「加倉井弘文がなにをしようと、私や加倉井一進にはなんの関係もありません」

「そのとき加倉井弘文氏と正命教の信者・河原の車に同乗していた島崎賢一氏の行方についても、なにも知らないといわれるのですか。

接触車を運転していた沼津というカメラマンが、その後、車に轢かれて死亡した事件についても知りませんか」

「まったく知りません」

「つまり、あなたは正命教が関わっている一連の事件について、一切関知しないとおっしゃるのですね」

「どうして正命教が関わっていると断定できるのですか。末端の信者が犯した不始末まで、教団はいちいち責任を取れません」

「ただいま申し上げたように、加倉井弘文氏は末端の信者ではありません」

「加倉井弘文は信者でもありません。その父親が正命教の理解者というだけです。加倉井弘文がなにをしようと、正命教には一切関係ありません」

「関係ないと言い切れますか」

「関係ないと言ったら、関係ありません」

聖命はやや強い声を発した。

「降矢瑠璃さんと正命教、あるいは教主ご自身との関係はありませんか」

「先程も申し上げたように、その人を私は知りません。知らない人とは関係ありません」

「すると、この写真はどういうことでしょうか」

棟居が目配せして、大城が数葉の写真を差し出した。聖命は訝《いぶか》しげに写真に視線を向けた。

「この写真の被写体はあなたですね」

棟居が確認した。

照明が不足している撮影環境で、感度を高め、遠方からズームを使って撮影したらしく、画像は暗く、ピントが甘い。撮影状態はよくないが、被写体の特徴はとらえられている。

聖命は写真に目を固定したまま答えない。

「この写真に撮影されている人物はあなたですね」

棟居は再度問うた。聖命の表情が強張《こわば》り、身体が小刻みに震えてきた。

刃物を手にした聖命が、餌を食べていたらしい猫に刃物で斬りつけている構図である。連写したらしく、数葉の写真はいずれも同じような構図であった。

そのうちの最後の一枚は撮影の気配に気づいたらしい、聖命がカメラの方角に顔を向けた瞬間をとらえていた。

「写し込まれている撮影年月日を含む時期、中野区南部から渋谷区北部地域にかけて連続猫斬り魔が跳梁《ちょうりょう》しました。この写真の撮影者が降矢瑠璃さんです。彼女はこの写真撮影後、自宅付近の路上で帰宅途上、殺害されました。降矢瑠璃さんは、その後、正命教に再三襲撃された末広志織さんと、瑠璃さんのご主人すらまちがえるほど瓜二つです」

このとき聖命が甲高い声で笑いだした。

「まさか、私を猫斬り魔と疑っているのではないでしょうな。こんな写真、いくらでも合成できる。第一、写し込まれた撮影年月日などはカメラを操作して、自由に変えられる。なるほど、一見、猫を斬っているようだが、どうしてこの猫が猫斬り魔に殺《や》られた被害猫だと言い切れるのかね。また、遠方から盗撮した降矢なんとかいう女性の身許を、どうして私が知ったのかね。ばかばかしくてお話にならない。私は忙しい。こんなばかげた尋問につき合っている閑《ひま》はない。帰らせてもらう」

聖命は笑いの発作を抑えるような身振りをしながら言った。

「任意の事情聴取ですから、いつお帰りいただいてもけっこうです。しかし、写し込まれた撮影年月日にはまちがいありません」

「どうしてそう言い切れるのかね」

席を蹴って立ち上がったものの、不安が残るらしく、聖命は問うた。

「降矢瑠璃さんの気配を察知したあなたが、現場から逃走した後、降矢瑠璃さんはあなたに斬られた猫を最寄りの大場動物病院に運んだのですよ。そのときの記録と、被害猫の写真が、大場動物病院の電子カルテに保存されています。降矢さんが撮影した猫とカルテの猫はまちがいなく同一の猫です。したがって、撮影年月日は操作されていません」

束の間、聖命は返す言葉を失ったが、立ち直り、

「私は降矢某なる女性は知らない。彼女が勝手に盗撮した写真にだれが写っていようと、被写体は盗撮者と関係ない。その女性が後日、死のうと生きようと私には関係ないことだ」

となおも言い張った。

「あなたは降矢瑠璃さんの身許と住所をその後知りました」

「どうして、私が会ったことも名前を聞いたこともない人間の身許や住所を知ることができたのかね」

「あなたは×月××日、芙蓉会館で行われた大場動物病院の大場院長の還暦祝いに出席するために、同会館に出かけましたね」

と問われて、聖命ははっとしたような表情をした。

「そのとき、あなたは同日、同時刻、同じ場所で開かれた大庭くのさんの古希の祝い会場にまちがって入ったのです。そのとき出席者の一人にあなたは見られています。出席者はあなたが大庭くのさんの会の司会者を務めていた降矢瑠璃さんを見てぎょっとしたような顔をして、そそくさと会場から出て行ったと証言しています。

あなたは降矢さんの身許と住所を知る機会を得ています。あなたはその後、大場院長の還暦の祝いを欠席して帰りました。降矢さんと意外なところで再会したショックで、出席意欲を失ってしまったのでしょう。あなたにとって降矢さんは脅威になりました。あなたが猫斬り魔であることが公にされれば、正命教教主としての権威は確実に失墜する。この写真が合成も細工もされていないことは、専門家によって証明されています。

あなたは猫斬りの現場を目撃した降矢瑠璃さんを殺害した後、末広志織さんと出会って恐怖をおぼえた。降矢さんが末広さんに、あなたの教団の言葉で言うと再生《リザ》してきたようにおもったのでしょう。猫斬りの現場を目撃したのは降矢さんではなく、末広さんのような気がしてきた。疑心暗鬼が根を下ろし、末広さんにちがいないとおもい込むようになり、実力部を動員して再三再四、末広さんを襲撃させたのです。

そうではないとおっしゃるのであれば、降矢さんが撮影した写真に、なぜあなたと猫斬り魔の被害猫が写っているのか、納得のいくように説明してもらいたい」

棟居につめ寄られて、聖命は返す言葉に詰まった。

動かぬ証拠を突きつけられて、「納得のいく」抗弁ができなくなった聖命は、黙秘戦術に出た。

自供はまだ得られなかったが、彼の犯罪の嫌疑性は十分と判断されて、逮捕状が執行された。聖命は黙秘をつづけていたが、すでに送検されて、検察の取り調べを受けていた弘文が、末広志織と挙式することになった島崎賢一に脅威をおぼえ、実弟の聖命に島崎の処分を依頼したと自供したために、聖命は逃れられなくなった。

加倉井弘文、および実力部の部員の自供に基づいて、都下M市の教団東京総本部の敷地を、警視庁と所轄署の捜査員、および消防隊員の協力を得て捜索した結果、島崎賢一の遺体を発見した。

遺体は司法解剖に付せられた後、遺族によって確認され、茶毘に付された。ここに降矢の代行の意味はなくなったのである。

発掘の副産物として、敷地内から十数匹の猫のものと見られる骨が発見された。

聖命は猫の死骸については知らぬと否認したが、前神兵の河原が教官から命令を受けて、生き埋めにしたと自供した。聖命の猫嫌いを知っている高弟たちも、忠誠比べの一環として、野良猫を処分させたらしい。

敷地と同時に、構内のすべての建物を捜索して、密輸入されたと見られる旧ソ連、中国製、および密造拳銃が男棟実力部の部屋から発見、押収された。

捜査本部による教団東京総本部の強制捜査と連動して、全国に散在する教団の拠点《ポイント》や施設の家宅捜索が行われた。

島崎以外に処刑《リザ》されたと噂されていた失踪信者たちの死体は発見されなかったが、脱走して潜伏地から名乗り出た元信者があった。

聖命はなぜ猫を斬ったのかと問われて、

——一進は長男の弘文を偏愛して、聖命を飼い猫以下に扱った。幼いころ、猫の食器で食事をあたえられた。その屈辱がトラウマとなって、猫コンプレックスとして心にたくわえられた。

聖命が成長と共に異能を発揮して一進の政治活動の戦力となっても、長男を偏愛し、聖命を道具として扱った。聖命の異能に目をつけた初代教主・福永一命から養子にと望まれたとき、一進は多額の政治活動資金を要求した。つまり、聖命を一命に売ったのである。

そのとき一進は一命に、「こいつは化け猫ですよ。将来、なにに化けるかわからない。目端が利き、口が立ち、商才は抜群。使い方によってはどんな大きな鼠をくわえてくるかわかりません。お買い得ですよ」と言った。

聖命は猫として売られたのである。それは聖命の生涯の屈辱となったが、同時に一進が予言したように巨大な鼠をくわえてやると決意した。

一進から猫として売られた当初は、猫を見かける都度、トラウマが疼《うず》いた。なんの罪もない猫を殺す都度、トラウマが癒やされるような気がした。——

聖命は自供しながら、猫のように光る目を宙に据えていた。

聖命は自供を終えたとき、多年、胸中にわだかまっていたしこりが解けたような顔をした。

加倉井弘文、福永聖命兄弟の相次ぐ自供によって、一連の事件は解決した。

本来、老女強盗殺人事件の捜査のために設置された捜査本部が、意外な方角へと枝葉を拡げた。そして、枝葉のほうが本来の幹よりもスケールが大きい。

聖命は殺人、略取逮捕監禁、武器密輸入、銃砲刀剣類所持等取締法違反容疑で起訴された。

聖命の自供に伴い、聖命派の高弟たちが次々に逮捕された。高弟たちは聖命の命令を神の命令として下級信者に下達しただけであると自供した。

聖命の圧倒的な独裁権力のもとに、神の名を乱用して好き勝手なことをしているのではないかという疑問をもちながらも、やむを得ず神意として奉戴したと自己弁護する高弟が相次いだ。

入域者の中には、強制的に連行された者もいた。彼らは聖命の逮捕、自供と共に、教団が統制力を失ったことを知って、次々に離脱した。それを制止、追跡する態勢を教団はすでにもっていない。

聖命が失脚した後を、反主流派の山橋が教主代行となって、動揺する教団を支えることになった。

世間には正命教を社会的な邪教団体として至急解散を求める声もあったが、先代一命を後継して、急速に教勢を伸ばした聖命の独裁暴走色が強く、検察官は信教の自由を考慮して、教団の解散請求には及ばずと判断した。

降矢は氷室が架空ではなく、実在すると確信した。

降矢は一味の襲撃を受けたとき、室温が二、三度下がったように体感した。あの突然の気温降下は、襲撃集団の中に氷室がいたからではないのか。幸運が重なって撃退したが、スタッフの救援が一歩遅ければ危ないところであった。

降矢は岡野の協力を得て、正命教の活動休止後、神授館で訓練された神兵たちの行方を捜した。岡野の情報網によれば、約二十名の神兵たちは氷室に率いられて、東南アジアの正命教拠点とされている某国の支部に逃亡した模様ということである。

正命教はいまや国際新興宗教として全世界に支部が増殖している。東京総本部は閉鎖を命じられたが、世界の各支部は生きている。各支部の力関係によって、支部長が新たな教主として独立の気配を示しているところも少なくない。

その中で、東南アジア最大の拠点として、某国支部は、某国以下、タイ、フィリピン、ベトナム、カンボジア、中国の一部、マレーシア、シンガポールなどに圧倒的な教勢を張っているという。

某国は軍政部が実権を握っている。軍政部は国民投票で敗れた後も政権委譲を拒否して、選挙に勝利した民主化運動の指導者を監禁している。

軍は正命教の教勢に目をつけ、これを軍政部のゲリラ戦力に組み込もうとしている。正命教にとっても、日本本部が閉鎖された後、よるべなき異国で孤立するよりも、軍政部の庇護を受けたほうが教団の存続につながる。

正命教にしてみれば、某国の選挙結果や、だれが支配者であろうと関心はない。要するに、教団にとってプラスであればよいのである。

「氷室要介以下、神授館で暗殺技術を鍛えられた神兵たちは、軍政部から某国民主化運動の要人たちの暗殺を委嘱されたらしいよ。軍政部が直接暗殺に手を染めては、国民の反感が募る。そこで正命教の暗殺機関に目をつけたらしい」

岡野が報告した。

「あいつらが某国内で暴れている限り我々には実害はないが、いずれ日本に舞い戻って来るだろうな」

降矢は宙を睨んだ。

氷室は、教団の命を受けて末広志織を執拗に襲ったが、降矢以下スタッフに撃退されている。そして、正命教そのものを壊滅させられた。正命教側の完敗であるが、神兵の兵力は温存され、氷室にとってまだ決着はついていないのである。

教主の身柄確保、自供の後、国外に逃亡した氷室にしてみれば、逃亡ではなく避難であるかもしれない。捲土重来《けんどちようらい》を期してひとまず国外に隠れ、兵力を立て直して、降矢エージェントと決着《オトシマエ》をつける。

某国軍政部の庇護のもとに着々と敗者復活の力をたくわえている氷室の気配が伝わってくるようである。

「某国軍政部と日本政府は微妙な関係にあると聞いたが……」

「某国にはウランの鉱脈以下、石油、鉛、錫《すず》などの資源が埋もれている。日本は早くからその資源に目をつけて莫大な資本を投下している。実権を軍政が握りつづけるか、昨今、国民の間に反軍政の気運が高まり、選挙に圧勝した民主化運動勢力が軍政に取って代わるか予断を許さない。日本政府としては、軍・民どちらが政権を取っても、投下資本を無駄にできない。軍政か、民主化か、政府としてもその間を玉虫色の旗を掲げて動かざるを得ない。

ここに日本で休止した正命教が軍政の傘の下に入り、民主化運動の要人たちを片っ端から暗殺すれば、日本が軍政部にすり寄ったと見られる。同時に軍政部も日本寄りの姿勢を見せてくるだろう。ウラン鉱脈を狙って中・ロ・英・米が虎視眈々としている中で、日本の立場はさらに微妙になってくる。氷室はその辺もちゃんと計算に入れているようだ」

「計算に入れて、日本に帰りやすくなる環境をつくっておこうというわけか」

「そんなところだろうな」

岡野の解説によって、正命教は壊滅したのではなく、世界諸方に火種が飛び散ったように降矢は感じた。

(氷室要介)

いずれ対決しなければならない恐るべきグローバルな刺客として降矢は胸に刻み込んだ。

末広家を襲撃した刺客陣には、軍団としての訓練が施されていなかった。それが幸いして、スタッフの救援まで一人で保《も》ちこたえられたのである。

神授館で訓練されている神兵たちは、暗殺者として忍者のように一人一人の技を磨いているという証言と符合している。

降矢代行事務所は自衛隊のレーンジャー出身者を集めているという情報に基づいて、複数の神兵を動員したのであろう。

氷室は命令を受けたので集団を率いて来たが、本気ではなかった。もし彼が一人で来たら、降矢といえども危ないところであった。


事件解決の打ち上げ会の後、棟居は妻子の仏壇が待つ自宅に久しぶりに帰って来た。しばらく不在にしていた家の中には、重い空気が屯《たむろ》し、黴臭いにおいが漂っている。

窓を開き、新しい空気を入れてから、急いで仏壇に灯明をあげた。水を替え、途中の店で買って来た花束を供えた棟居は、かつてこの家の中に弾んでいた明るい笑声や会話を追いながら、しばし想い出の中にうずくまっていた。

妻に、棟居が捜査を担当した「人間の家」教団に生命を奪われた恋人桐子《とうこ》の面影が重なった。

正命教も「人間の家」を彷彿させるカルトであったが、教主個人の暴走に辛うじて止《とど》めることができた。棟居はかつての愉しかった家族との団欒を回想しながら、ふと、聖命にはそのような団欒がなかったのであろうとおもった。

聖命の自供には母親は一欠片も現われない。父親と兄に対するコンプレックスと憎しみだけである。生来の異能を発揮して、父親の政治活動を助けながらも、猫のように自分を売った父を恨んでいた。

自供を終えたとき、聖命は胸中のしこりが除《と》れたような顔をした。

もしかすると、聖命は、いや、清は父や兄に復讐するために正命教の教主となり、教勢を拡大したのではないのか。

加倉井一進は福永一命に清（聖命）を売ったとき、「こいつは化け猫ですよ。将来、なにに化けるかわからない。使い方によってはどんな大きな鼠をくわえてくるかわかりません」と言ったそうであるが、くわえて来た大きな鼠とは、父親のことではなかったのか。巨大な鼠が産んだ子が猫に化けて、やがて親鼠を食い殺した。

そんな想像をたくましくしたとき、灯明がゆらりとゆれたような気がした。「もう事件のことは忘れて」と、家族や恋人がささやきかけたようにおもった。

社会悪の追及を天職としている棟居であるが、久しぶりに帰って来た我が家では、ひたすら家族との団欒の想い出に浸るべきであった。

棟居は久しぶりの我が家で、仕事がらみのおもわくを探ったことを悔いた。

一連の事件は解決して、志織の代行使命（護衛）も一応果たし終えた。

「私は最初から降矢さんに代行をお願いしたつもりはありません。これからは名実共に私の配偶者になってください」

降矢が代行業務の終了を告げると、志織がすがりつくような目をして言った。瑠璃が本当に生き返ってきたような気がした。

だが、志織は瑠璃の代行人ではない。志織は志織である。降矢が咄嗟に返す言葉に詰まっていると、

「でも、一つお願いがあるの」

と志織は降矢の目をじっと見つめて言った。

「お願いとは、なんですか」

「降矢さんの亡くなった奥様が私と瓜二つであったことは知っています。でも、私の中に奥様を探さないでください。私は志織です。そして、降矢さんの妻になります」

志織は訴えるように言った。

志織の言葉に、降矢ははっとなった。志織の声に重ねて、瑠璃の声が呼びかけるような気がした。

（そうよ。志織さんの言う通り。あなたが私のことをいつまでも想っていてくださるのは有り難いけれど、あなたが私を忘れない限り、私は成仏できないわ。私はこの世にいません。魂があなたのそばにいるなんて、嘘。私のことは忘れて。私はあなたのそばになんかいません。星になって、あなたを見守ってもいません。お盆になっても、あなたの許に帰っては行きません。私はもうあなたとは別の世界に永遠に逝ってしまったのです。私のことは忘れて、志織さんを大切にしてあげてください。今度こそ、本当のお別れ。さようなら）

この言葉を最後に、瑠璃の声が消えた。

そして、目の前に志織がいた。愛おしさがおもわず込み上げて、「志織」と呼んだ。

志織が降矢の胸の中に飛び込んできた。志織の芳しい体を抱き留めながら、降矢は代行事務所という社名を変えようかとおもった。

解説

山前《やままえ》　譲《ゆずる》
（推理小説研究家）

今となっては考えられないことだが、一九六〇年代後半の日本のミステリー界はまったく活気がなかった。一九六四年に戦後のミステリー界を牽引していた専門誌の「宝石」が廃刊となり、そして翌一九六五年の夏には江戸川乱歩《えどがわらんぽ》氏が亡くなってしまう。数年前の大ブームが嘘であったかのようにミステリーの出版点数が減っていったのだ。戦前のいわゆる探偵小説の復刊が話題にはなったけれど、翻《ひるがえ》ってみればそれは現代のミステリー作家への不満を象徴していたと言えるかもしれない。

そんなミステリー界での大きなインパクトとなったのが、一九六九年に第十五回江戸川乱歩賞を受賞した森村誠一《もりむらせいいち》氏の『高層の死角』だった。歴史ある新人賞の受賞作となったその長編は、現代社会を象徴するホテルでの殺人事件と、密室とアリバイという古典的な不可能の興味の融合によって、あらためてミステリーの面白さにスポットライトを当てたのだ。そして、翌年の『新幹線殺人事件』など、森村氏の精力的な創作活動が、新しい作家の、そして新しい感覚のミステリーの誕生を促した。
以後、創作の限界を試すように、ミステリー、ホラー、時代小説、歴史小説、恋愛小説、ノンフィクション、そして写真俳句など、多彩な作品を森村氏は発表していく。二〇一九年はそのエポックメイキングな作品から数えて五十年という大きな節目となったが、デビューしたばかりの新人作家にしてみれば、それは想像もつかないほど長い道程かもしれない。

第二十六回日本推理作家協会賞や第七回日本ミステリー文学大賞と、その業績はもちろん折々で顕彰《けんしょう》されてきたが、二〇一一年三月には時代小説の『悪道』で第四十五回吉川《よしかわ》英治《えいじ》文学賞を受賞している。『鳴門秘帖』や『宮本武蔵』などで知られる吉川英治氏の名を冠したその賞は、公益財団法人吉川英治国民文化振興会主催、講談社後援の文学賞で、一九六七年の第一回の受賞者は松本清張《まつもとせいちょう》氏だった。伊賀忍者の末裔・流英次郎《ながれえいじろう》が率いる一統が元禄時代に暗躍する『悪道』のシリーズは全五巻にまでなったが、まさにエンタテインメントの醍醐味に満ちている。

その吉川英治文学賞受賞の直後、二〇一一年六月に中央公論新社より刊行されたのが本書『棟居《むねすえ》刑事の代行人《ジ・エージェント》』である。「中央公論」に二〇一〇年一月より翌二〇一一年三月まで「棟居刑事の夜の代行人」と題して連載された長編ミステリーだ。タイトルで明らかなように、森村作品ではお馴染みの棟居刑事の事件簿のひとつだが、彼と並走するもうひとりのキャラクター、降矢浩季《ふるやひろき》がこの長編をユニークなものにしている。

降矢は各種行事の手配を請け負うイベント代行業《エージェント》を手広くやっているが、その前身が変わっていた。自衛隊の第一空挺団、いわゆるレーンジャーの精鋭からテレビや映画でのスタントマンに転じている。さらに起業した代行業では、冠婚葬祭を含む各種イベントの手配にその才能を発揮していた。

その日は都内での結婚式及び披露宴一切の手配を依頼されていたが、挙式の時間が迫っているのに新郎が現れない。やむなく降矢は、結婚式から披露宴まで新郎役を代行する。彼の機転をきかせた演出でなんとか終宴を迎えたが、新郎はついに姿を見せなかった。不吉な予感を抱いた降矢の助言で、警察に捜索願が出される。そして二日後、新郎の車が世田谷区で発見された。何か事件が起こった痕跡はなかったものの、車内には猫と推測される毛が残されていた。

新郎は茶釜《ちゃがま》と名付けた猫を飼っていたという。だが彼の行方を示す手掛かりはなかった。婚姻は解消となったが、それからの思わぬ展開に降矢は困惑する。新婦の志織《しおり》から結婚を申し込まれたのだ。じつは彼女は、降矢の亡き妻と瓜二つだった。だから断る理由などなかったのだが、新郎の消息がはっきりしなければその申し出を受け入れることのできない降矢である。

一方、警視庁捜査一課の棟居刑事は、連続して発生している独り暮らしの老人強盗殺人事件を捜査していた。約二年の間に六人の老女が強盗に入られ、そのうちの一人が殺害されている。犯行の手口から同一犯とみていたが、手掛かりはあまりない。地道な捜査を続ける棟居の目に留まったのは、家出した猫を探し求めるポスターだった。猫の家出日は、最後の事件が起こった日と符合していたのだ。何か関連があるのかもしれない。棟居は飼い主を訪れるが……。

作家業に入ってからは猫を飼わなくなったという森村氏だが、いつしか自宅の庭は野良猫の通路になってしまったらしい。最初の通行猫は「クロ」と名付けられた黒猫で、その後、「代黒」、「ちび黒」、「ライオン」、「茶釜」、「くわんくわん」、「アメショー」、「因幡」、「尾短」と氏に命名された猫たちが、森村家の庭を通り過ぎる。そのなかの「ちび黒」はいつの間にか家に入り込んで、居すわってしまったという。

こうしてすっかり猫派となってしまった作者ならではの趣向が、降矢と棟居を結びつけていくのだが、直接的にふたりの仲を取り持つのは岡野種男《おかのたねお》である。大学山岳部時代の降矢のザイルパートナーだった岡野は警察に入ったのだが、その頃から降矢に代行業を依頼していた。そして岡野が警察を辞めて私立探偵となってからは、彼の情報収集力を頼るようになった降矢である。その岡野を介しての降矢と棟居の情報交換によって、花婿失踪事件と老女強盗殺人事件の共通点が見出され、政治と宗教の暗部を背景にした犯罪がしだいに明らかになっていく。

そんな降矢と棟居の人生には大きな共通点がある。それは愛する人との衝撃的な別れだ。二一世紀に入ってからの日本のミステリー界は、とりわけ警察小説でユニークな作品が多く書かれている。警察の組織的な捜査がリアルに描かれる一方で、個々の警察官の内面が描かれることも多くなった。その意味では棟居刑事のシリーズは先駆的かつ斬新なものだったと言えるだろう。

一九七六年に刊行された棟居の初登場作である『人間の証明』は、棟居の凄絶な過去があっての事件だった。ところが作者はさらなる試練を彼に課す。妻子が何者かに殺されてしまい、しかもその事件が迷宮入りしてしまうのだ。あまつさえ、その後に山行で知り合った恋人もまた非業の死を遂げる。一方の降矢も、妻の瑠璃《るり》が殺人事件の被害者となってしまったのだ。都心の大手会館のロビーマネージャーとしてその手腕を評価されていたが、ある夜、遅い宴会からの帰宅途中に殺されたのである。そして殺害動機も犯人も不明のまま迷宮入りとなってしまう。そんな過去が自然とふたりを結びつけていったに違いない。

その降矢と棟居は二〇一二年四月刊の『棟居刑事の見知らぬ旅人』でも共演している。

降矢は学生時代の恋人から失踪した妹の捜索を頼まれるのだが、その代行業で浮かび上がってきた失踪事件が棟居の耳に入り、ふたりは絶妙な連携プレーで国家的機密事項に触れる事件を暴いていく。

『悪道』で吉川英治文学賞を受賞したあと、森村作品で目立っているのは「戦争」をテーマとした長編だ。朝鮮半島が重要な舞台となっている『サランヘヨ《愛する》　北の祖国よ』（二〇一一）、シンガポールの博物館・植物園の数奇な運命を描く『南十字星の誓い』（二〇一二）、そして戦争によって引き裂かれた若者たちの運命が切ない『戦場の聖歌《カンタータ》』（二〇一五）といった長編だが、自伝である『遠い昨日、近い昔』（二〇一五）ではこう現代日本の姿を危惧していた。

> 終戦と共に、人間性を否定した理不尽な時代は終わった。軍事力の補給源として人形のように操られていた国民は、それぞれの人生を取り戻した。貴重な犠牲を踏まえて制定された憲法は、想定敵国より近い人間の敵、裸の王様による恐怖政治を二度と繰り返すまじと保障した不戦の誓いである。
>
> それが戦後七十年にして、国会議員の大多数が改憲を主張し、国民の一定数が戦争可能国家システムに傾いている。永久不戦の誓いが七十年にして理不尽な時代に戻り

つつある。戦争を知らない世代が増えているだけでなく、全国民が騙されかけているのではないか。

そして〝憲法、特に九条は、人間性を護る守護神である〟としているが、その思いはこの『棟居刑事の代行人』の、元自衛官という経歴をもつ降矢の葛藤にも投影されていると言えるだろう。

江戸川乱歩賞はけっしてフロックではなかった。鉄筋の畜舎と後に自ら名付けたサラリーマン生活から抜け出し、アイデンティティを求めた何年かの葛藤の成果である。だからこそ受賞後、まさに我が身に笞《むち》打って書き続けることができたのだ。本書の降矢浩季もまた、そうした飽くなき創作活動のなかから生まれた個性的なキャラクターである。

二〇一四年二月　中公文庫刊

※この作品はフィクションであり、実在する人物・団体・事件などには一切関係がありません。

光文社文庫

長編推理小説
棟《むね》居《すえ》刑《けい》事《じ》の代行人《ジ・エージエント》
著　者　森《もり》　村《むら》　誠《せい》　一《いち》

2019年10月20日　初版1刷発行

発行者　鈴　木　広　和
印　刷　堀　内　印　刷
製　本　フォーネット社

発行所　株式会社　光　文　社
〒112-8011　東京都文京区音羽1-16-6
電話（03）5395-8149　編　集　部
8116　書籍販売部
8125　業　務　部

ISBN978-4-334-77921-4　Printed in Japan

組版　萩原印刷

光文社文庫最新刊

黄土《こうど》の奔流　冒険小説クラシックス　生島治郎

薫風のカノン　航空自衛隊航空中央音楽隊ノート3　福田和代

保健室のヨーゴとコーチ　県立サカ高生徒指導ファイル　迎《むかえ》ラミン

裏店《うらだな》とんぼ　決定版　研ぎ師人情始末㈠　稲葉稔

心《しん》の一方　闇御庭番㈤　早見俊

二刀を継ぐ者　若鷹武芸帖　岡本さとる

光文社文庫　好評既刊